Rummelpott
Erzählungen

Gerrit Jan Appel wurde 1973 geboren. Auch wenn er schon lange in Nordrhein-Westfalen lebt, hat er seine im Norden liegenden Wurzeln nie abschütteln können und will dies auch gar nicht.

In seinen bisher erschienenen Büchern *Frag doch das Vanilleeis* (2014), *HamburGaynsien* (2012), *Wodka für die Königin* (2011) und *Strandkorb mit Rüschengardinen* (2010) erzählt Gerrit Jan Appel mit trockenem Humor, Herzlichkeit und norddeutschem Lokalkolorit von Menschen auf ihrer turbulenten Reise durch diese kleinen verrückten Dinge, die sich Leben und Liebe nennen.

Mit dem vorliegenden Erzählungenband *Rummelpott* (2015) widmet er sich seiner zweiten literarischen Leidenschaft und verbindet seine Zuneigung zum Norden mit der Liebe zu bedächtig, aber wirkungsvoll erzählten Schauergeschichten in der Erzähltradition viktorianischer Autoren aus der "Goldenen Ära der Geistergeschichte" von etwa 1850 bis zum Ende des ersten Weltkrieges.

Gerrit Jan Appel ist verheiratet und lebt im Ruhrgebiet.

Gerrit Jan Appel

RUMMELPOTT

Erzählungen

Bibliografische Information der Deutschen Nationalbibliothek:
Die Deutsche Nationalbibliothek verzeichnet diese Publikation
in der deutschen Nationalbibliografie, detaillierte bibliografische
Daten sind im Internet über http://dnb.dnb.de abrufbar

Die Handlungen, die Personen, deren Namen sowie die Schauplätze
dieses Buchs sind rein fiktiv. Jede Ähnlichkeit mit lebenden oder toten
Personen sowie real existierenden Schauplätzen wäre rein zufällig.

Originalausgabe
1. Auflage Oktober 2015
© 2015 by Gerrit Jan Appel

Herstellung und Verlag:
BoD - Books on Demand, Norderstedt

ISBN: 978-3-7386-5009-9

Inhalt

Sören von der Entenkoje 7

Fährmann, hol über 24

Cäsar 50

Das Nebelschiff 61

Sommereis 75

Die Witwe von Nienstedten 96

An seiner Seite 118

Rummelpott 140

Glossar 160

Sören von der Entenkoje

Im Norden geht es gemächlich zu. Das Leben richtet sich nach der Natur. Seit der ersten Besiedlung vor vielen Jahrhunderten leben die Menschen mit grauen Nebelschwaden und endlosen Regennächten ebenso wie mit Sommertagen, wie sie schöner nicht sein können - wie sie aber auch schlimmer nicht sein können, wenn die Sonne über Wochen ohne Nass vom Himmel die Ernte verbrennt. Man bewirtschaftet ein bis auf wenige sanfte Hügel ebenerdiges Land. Am Meer nehmen heftige Stürme genau so Land weg, wie sie neues erschaffen.

Der Norden fordert und gibt. Beides unvorhersehbar, von beidem mal zu viel, mal zu wenig, niemals ausgeglichen.

An Küste und Hinterland der Nordsee bestimmt zudem der Gezeitenstrom den Lauf der Tage. Im Auf und Ab von Ebbe und Flut trägt das Meer sein Wasser in die Salzwiesen und Flüsse, Fische in die Reusen und alte Geschichten ins Land. Geschichten von den Gewalten der Natur und den Lebenswegen der Menschen, gelenkt von einem Geschick, das nicht immer zu erklären ist.

Für Geschichten hatte Hannes Ruppel nichts übrig. Ihn interessierten nur Tatsachen, und er war auf dem

Weg, um welche zu schaffen. Mit dem spätnachmittäglichen Postzug auf der Marschbahn von Sylt nach Süden war er kurz vor der Abenddämmerung an dem kleinen Bahnposten angekommen. Den Rest des Wegs würde er nun zu Fuß zurücklegen. Sieben Kilometer waren für ihn eine leichte Übung, selbst mit seinem schweren Lederkoffer in der Hand.

Der Halt war nur kurz. Der Beamte sprang aus dem Postwaggon, holte den Postsack für Hamburg aus einem gut verschlossenen Häuschen am Ende des wackeligen hölzernen Bahnsteigs und kletterte wieder in den Zug. Die Lokomotive pfiff, stieß eine mächtige Rauchwolke aus und setzte sich langsam in Bewegung.

Hannes hatte Bahnsteig und Wegweiser schon hinter sich gelassen und ging auf der befestigten Schotterstraße in Richtung Westen. Der Weg zog sich eintönig dahin, nahezu schnurgerade. Es gab keine Landmarke, die einschätzen ließ, wie weit es noch zum Dorf am Siel war. Es wurde nicht leichter, als die anfangs noch recht breite Straße sich zu einem Redder verjüngte. Dichter Bewuchs zu beiden Seiten behinderte die Orientierung erheblich. Hannes wusste, dass er nicht mehr weit von seinem Ziel entfernt sein konnte, als er eine Bank am Wegesrand erreichte. Auf ihr saß ein Mann mit dichtem Kinnbart und zerfurchter Stirn. Vom linken Ohr zog sich eine lange Narbe über die hohle Wange. Sein Haar war zerzaust und genau so strohblond wie der Bart.

Hannes grüßte, bekam jedoch keine Antwort. Es verwunderte ihn nicht. Die Menschen hier galten als stur, besonders Neuankömmlingen gegenüber. Der Mann auf der Bank schien ein ganz besonderes Exemplar seiner Zunft zu sein. Er starrte so düster, feindselig und bedrohlich aus schwarzen, tief in den Höhlen liegenden Augen, dass es Hannes ganz kalt wurde. Sofort beschleunigte er seinen Schritt. Sein Herz klopfte. Ganz besonders, als er glaubte, ihm würden Schritte folgen. Er wandte sich um. Doch der Mann saß immer noch mit unveränderter frostiger Miene auf der Bank. Ansonsten war niemand zu sehen.

Hannes verspürte eine gewisse Erleichterung, als der Weg eine Biegung machte und dahinter die ersten Häuser des Dorfes am Siel zu sehen waren. Gleichzeitig kam er sich töricht vor, ein solcher Hasenfuß gewesen zu sein.

In der Pension am Dorfplatz trat man ihm freundlicher gegenüber, aber auch nur gerade eben genug, um einen zahlenden Gast nicht gleich wieder zu verjagen. Zudem wurde er mit unverhohlen neugierigen Blicken gemustert. Was wollte jemand um diese Jahreszeit hier, wenn noch die Frühlingsnebel zogen? Bis die Sommerfrischler kamen, mit denen das Dorf seit einigen Jahren gutes Geld verdiente, würde noch einige Zeit vergehen.

Hannes trug sich in das Gästebuch ein, wechselte ein paar höfliche Worte mit der Pensionswirtin und bezog ein Zimmer im ersten Stockwerk. Viel Gepäck hatte er nicht in seinem Koffer. Nur ein wenig Kleidung, ein Buch zum Lesen und einen Notizblock. Mehr brauchte er für eine Woche nicht. Länger konnte er auch nicht bleiben.

Er ging in die Gaststube hinunter und nahm noch eine kleine Mahlzeit zu sich, ehe er zu Bett ging. Als er die Vorhänge zuzog, sah Hannes den Mann von der Bank auf dem Dorfplatz stehen. Mit unbewegter Miene schien er die Fassade der Pension mit den Augen abzusuchen, bis sie schließlich an einer Stelle hängen blieben.

Sofort fror Hannes wieder am ganzen Leib. Er wollte den Vorhang zuzuziehen, doch der Fremde schien ihn mit seinem Blick förmlich festzuhalten. Es gelang Hannes nicht, seine Augen abzuwenden, bis das Schlagen der Kirchturmuhr ihn zusammenzucken ließ. Als er wieder auf den Platz hinuntersah, war der Fremde fort.

Nach dem Frühstück am nächsten Tag erkundete Hannes das Dorf. Alle Versuche, mit den Menschen ins Gespräch zu kommen, schlugen fehl. Auf Fragen erhielt er nur einsilbige Antworten, oft genug auch gar keine. Das Misstrauen stand den Einwohnern ins Gesicht geschrieben. Er war kein Erholungsuchender aus der großen Stadt, wie er allen vorgaukeln wollte, und sie wussten es.

Hannes änderte sein Vorgehen. Er holte ein Buch aus seinem Zimmer und zeigte überhaupt kein Interesse mehr an den Einheimischen. Er spazierte gemächlich durch das Dorf, sah am Hafen zu, wie die Fischerboote entladen wurden, und ließ sich am Rand verschiedener belebter Plätzen nieder, um scheinbar konzentriert in seinem Buch zu lesen.

In Wahrheit hielt er Augen und Ohren weit offen. Er hatte recht gehabt mit Annahme, die Dörfler würden ihn förmlich vergessen, wenn er mit der Umgebung verschmolz. Sie redeten, als schienen sie ihn nicht zu bemerken, und Hannes hörte genauestens zu. Abends auf seinem Zimmer machte er sich Notizen. Beim Zuziehen der Vorhänge fiel ihm erneut der Mann mit den düsteren Augen auf, doch heute war Hannes gefasster bei diesem Anblick als gestern. Denn schon während des ganzen Tages war der Mann immer wieder wie zufällig an den verschiedensten Orten aufgetaucht. Da von den Dorfbewohnern niemand Notiz von ihm genommen hatte, nahm Hannes an, dass es sich um den Dorfkauz handelte: Wunderlich, ein bisschen unheimlich, aber nicht wirklich gefährlich.

Am nächsten Morgen rasierte sich Hannes gerade, als die Tochter der Pensionswirtin neue Handtücher brachte. Für einen Moment glaubte Hannes beim Blick in den Rasierspiegel, den Fremden im Türrahmen stehen zu sehen. Er musste sich getäuscht haben, denn im selben Moment verließ das Mädchen den Raum und wäre unweigerlich mit dem Mann zusammengestoßen, wenn er dort wirklich gestanden hätte.

Hannes beendete seine Morgentoilette und verließ das Haus. Er hatte noch nicht genug von dem gehört, was er erfahren wollte, darum würde er noch einen weiteren Tag den Vergnügungsreisenden spielen.

Neben der Dorfkirche fand er ein Haus, das älter zu sein schien als die meisten anderen im Ort. Über die Jahre waren Fachwerkgemäuer und Reetdach windschief geworden. Der Schornstein lehnte sich arg zur Seite, beinahe so, wie dieser Turm, den Hannes einmal in einem Buch über Italien gesehen hatte. *Heimatmuseum* stand auf einem verwitterten Holzschild, darunter *Eintritt frei*.

Hannes stieß die Tür auf. Der Türrahmen war so niedrig, dass Hannes sich ducken musste, um eintreten zu können. Im Inneren empfing ihn eine düstere, muffige Atmosphäre. Staub lag auf den ausgestellten Möbeln, die wohl zeigen sollten, wie eine typische Fischerkate in dieser Gegend eingerichtet war. Viel mehr gab es nicht zu sehen und Hannes wandte sich zum Gehen um. Aus dem Augenwinkel nahm er ein Wandbild wahr. Er sah genauer hin und erkannte den Fremden, der ihm so oft über den Weg lief. Zumindest schien er den Mann auf dem Bild zu spielen, vielleicht für ein Dorffest, es gab ja solche Bräuche. Denn der Mann, der Modell gestanden hatte, war schon viele Jahre tot. So stand es auf einem der drei handbeschriebenen Blätter, die von einer Glasplatte geschützt auf dem Tisch unter dem Bild lagen. Sören von der Entenkoje hatte man den Mann gerufen und er war der Kopf einer großen Schmugglerbande gewesen. Hannes las:

Dabei bedienten sie sich der Entenkoje von Sören Vogts Vater. Für eine Entenkoje wurden in den vier Ecken eines künstlichen quadratischen Teichs vier sich zum Ende verjüngende Kanäle angelegt, so genannte "Pfeifen", die mit Netzen überspannt wurden und an deren Ende sich Reusen befanden. Für gewöhnlich wurden so mit Hilfe von abgerichteten Enten deren wilde Artgenossen angelockt. Die Lockenten wurden am Ende der Reuse befreit und wieder in die Lüfte entlassen, während die gefangenen Enten geschlachtet und auf dem Markt verkauft wurden. Die Bande von Sören Vogt brachte in einer der vier Pfeifen in der Entenkoje einen raffiniert getarnten Taubenschlag an. Die Komplizen der Schmuggler auf See ließen zu gegebener Zeit eine Brieftaube frei, welche zu der Entenkoje flog und Sören Vogts Bande über einen kleinen Zettel wissen ließ, welche Schmuggelware zu welchem Zeitpunkt und an welchem Ort übergeben werden sollte. Da das Uferdickicht um die Koje zahlreichen anderen Vögeln als Brutrevier diente, fielen die Tauben nicht weiter auf. Durch den sie umgebenden Wald bekam niemand mit, dass Sören Vogts Männer rund um die Koje mehrere Verstecke für ihr Schmuggelgut anlegten und dort allmählich der wichtigste Umschlagplatz für die Schmuggelei in diesem Landstrich entstand.

Das Schmuggelgeschäft blieb lange einträglich, bis Sören und seine Bande durch einen Zufall entdeckt und gestellt wurden. Rasch wurde der Trick bekannt, und von da an nannte man Sören Vogt nur noch Sören von der Entenkoje. Nur wenige Wochen nach seiner Verhaftung wurde er zum Scharfrichter geführt. Mit seinen letzten Worten soll er geschworen haben, immer auf seine eigenen Leute aufzupassen, um sie vor den Klauen der Obrigkeit zu schützen.

In der Tat wurde seitdem in der Gegend nie wieder ein Schmuggler dingfest gemacht.

Als Hannes wieder in den Vorgarten des brüchigen alten Hauses trat, sah er auf der anderen Straßenseite eine ihm nun längst vertraute Gestalt. Diesmal lächelte der Fremde ihn an. Es war kein freundliches Lächeln, sondern hinterhältig und durchtrieben.

Ein Pferdefuhrwerk kreuzte den Weg. Als es Hannes passiert hatte, war von dem Fremden nichts mehr zu sehen. Er musste irgendwie auf das Fuhrwerk aufgesprungen sein. Hannes zollte ihm innerlich Respekt für diese Leistung. Er würde damit großen Eindruck schinden wenn er dies bald für die Sommergäste vorführen sollte. Denn das war es wohl: Ein Spaß, um Fremden einen wohligen Schrecken zu bereiten. Und Hannes war das willkommene Publikum, um die neuesten Tricks auszuprobieren.

Im Nachhinein war Hannes zufrieden mit seiner Entscheidung, dieses lächerliche kleine "Museum" besucht zu haben, hatte ihm dieser Abstecher doch interessante Erkenntnisse gebracht. Überhaupt erwies sich der weitere Tag als wahre Goldgrube. Jetzt ergaben die Dinge, die er von den Dörflern aufschnappte, einen Sinn. Er war sehr zufrieden, als er an diesem Abend zu Bett ging. In einem Anflug von Übermut ließ Hannes sich beim Schließen des Fensters sogar dazu hinreißen, dem Fremden unten auf der Straße mit einer unmissverständlichen Geste deutlich zu machen, was er von ihm hielt.

Nach einer weiteren Nacht in der Pension wurde Hannes an seinem dritten Tag in dem Dorf am Siel auf der Polizeiwache vorstellig.

"Ich habe mich schon gefragt, wann du kommst", sagte der Dorfwachtmeister jovial, noch bevor Hannes selber den Mund auftun konnte.

"Sie wissen, wer ich bin?"

"Natürlich. Glaubst du wirklich, auch nur einer im Dorf hat dir abgenommen, dass du zur Erholung gekommen bist? Uns haben sie schon so oft Verstärkung geschickt, dass wir es euch an der Nasenspitze ansehen. Ganz egal, wie ihr versucht, euch bei uns einzuschleichen."

"Dann wissen Sie auch, warum ich bei Ihnen bin?"

"Lass die Förmlichkeiten, wir gehören zum selben Verein. Ich bin Klaas Klaasen. Und wer bist du?"

"Johannes Ruppel, Hamburger Polizei, Abteilung Zollschmuggel."

"Also Hannes. Tee?"

"Gerne."

Ohne Eile bereitete der Dorfpolizist Tee für sich und seinen Gast zu. Dabei redete er weiter. "Natürlich weiß ich, warum du hier bist, Hannes Ruppel. Ab und zu wird es den Herren an höheren Stellen mit der Schmuggelei hier zu dumm, und sie schicken uns Amtshilfe. Einmal haben sie uns sogar einen Preußen aus Berlin geschickt. Über den haben sie sich alle nur lustig gemacht. Konnte man nicht ernst nehmen mit seinem steifen Gang, als hätte er einen Stock verschluckt. Hier." Er reichte Hannes eine Tasse Tee.

"Vielen Dank."

"Da nich' für. Das letzte Mal war jemand hier vor... lass mich überlegen... drei oder vier Jahren. Aber der ist genau so unverrichteter Dinge wieder abgezogen, wie alle anderen davor. So wie ich das sehe, wird es dir kaum anders ergehen."

"Weil Sören von der Entenkoje auf seine Leute aufpasst?" Hannes trank von seinem Tee. Ein gutes Gebräu. Das konnten die hier wirklich besser als in der großen Stadt, das hatte er schon in der Pension beim Frühstück bemerkt.

Klaas lachte. "Hab' mir schon gedacht, dass du auf diese alte Geschichte gestoßen bist, als ich hörte, du wärest im Heimatmuseum gewesen."

Wahrscheinlich hat der angebliche Fremde es dir gesteckt, dachte Hannes. Laut sagte er: "Und?"

Klaas schüttelte den Kopf. "Zwanzig Jahre bin ich hier jetzt der Dorfgendarm, und mir ist noch nie etwas untergekommen, bei dem ich an Sören von der Entenkoje gedacht hätte. Ich sag' dir was: Wer erfolgreich schmuggelt, ist nicht dumm. Genau so, wie sie für uns

Polizisten immer neue Methoden zum Fangen der Spitzbuben finden, so finden die Spitzbuben neue Wege, um uns zu entwischen."

"Klaas, es gefällt mir nicht, wie du redest. Du als Hüter von Recht und Ordnung! Man könnte meinen, dir sei der Schmuggel egal."

"Die Leute hier haben schon immer von dem gelebt, was die See hergegeben hat."

"Die See? Wohl eher all die Frachtsegler, die hier ihre Schmuggelware absetzen und die dann von euren Spitzbuben eingesammelt wird."

"Gott, das bisschen Rum und Tabak für den eigenen Bedarf. Wird doch nichts weiterverkauft. Wem schadet das schon?"

"Der Staatskasse. Alle Ware aus dem Ausland muss verzollt und versteuert werden."

"Der Staat ist weit. Hier an der Küste geht das nun mal anders zu als bei euch in der großen Stadt."

"Ich kann nicht ohne Resultate dorthin zurückgehen. Wie stünde ich dann da? Wenn ich die Schmuggelroute schon nicht selbst abschneiden kann, will ich sie zumindest auskundschaften. Und es muss heute Nacht geschehen. Desto eher kann ich Bericht erstatten und euch wieder in Ruhe lassen."

"Nu' schnack nicht so gediegen", sagte Klaas Klaasen verächtlich. "*In Ruhe lassen.* Als wolltest du uns wer weiß was für einen Gefallen tun. Du willst wieder weg von hier, und das so flott wie möglich. Schon in der Minute, als du deinen Fuß zum ersten Mal auf den Dorfplatz gesetzt hast, konnte man dir ansehen, dass du am liebsten gar nicht erst hergekommen wärst zu uns Töffeln am Siel."

"Ich habe meine Befehle."

"Und was habe ich damit zu kriegen?"

"Du sollst deine Pflicht genau so erfüllen wie ich und mir helfen."

"Was hast du da im Sinn?"

"Heute Mittag habe ich am Hafen aufgeschnappt, wie einer eurer Fischer zu seinen Kumpanen gesagt hat, er wolle sehen, dass er *den Grünen* bis morgen Abend handzahm kriegen will. Mit *der Grüne* kann ja wohl nur ich gemeint sein."

"Wegen so einer läppischen Bemerkung machst du soviel Wirbel? Hannes, ich verrate dir, was passieren wird: Geh morgen Nachmittag in den Dorfkrug. Lass dich auf einen Tee mit Rum einladen. Natürlich geschmuggelten. Trink ihn, dann bist du sündig. Die Männer hier am Siel wollen einfach, dass du bei der Sperrstunde ein Auge zudrückst."

"So wie du, hm? Ich habe schon mitbekommen, dass du es damit nicht so genau nimmst."

"Hannes, hier am Siel machen wir die Dinge auf unsere eigene Art und Weise ab. Wenn ich darüber hinwegsehe, dass der Wirt hier und da eine halbe Stunde länger ausschenkt, halten mich die anderen für einen feinen Baas und es gibt viel weniger Scherereien wegen anderer Dinge. Und sag mir nicht, dass ihr das in der großen Stadt nicht genauso macht. Ihr habt doch auch eure Gefälligkeiten, mit denen ihr die kleineren Spitzbuben bei Laune haltet, damit sie euch den Weg zu den wirklich üblen Ganoven zeigen."

"Mag sein. Aber ich bin mir trotzdem sicher, dass heute Nacht etwas passieren wird."

"Wie kommst du darauf?"

"Der zahnlose Alte, der immer auf der Bank am Kirchturm sitzt, hat mir da eine sonderbare Mär aufgetischt, dass ich mich nachts unbedingt von der Entenkoje fernhalten soll. Sören Vogt würde niemanden durchlassen, der nicht zu seinen eigenen Leuten gehört."

Der Dorfgendarm lachte. "Hannes, Hannes, Hannes... Wärst du damit mal vorher zu mir gekommen. Auf das, was der alte Jakob von sich gibt, brauchst du nicht zu hören. Der ist nur einmal am Tag besoffen, und das ist immer."

Hannes dachte wieder an den Fremden und sagte: "Wäre nicht der erste, der das nur spielt."

Er wurde amtlich.

"Klaas Klaasen, es führt kein Weg daran vorbei. Heute Abend soll sich was auf der Schmugglerroute tun, und ich glaube, der Dreh- und Angelpunkt ist immer noch die Entenkoje. Schau dir mal meine Aufzeichnungen über die Erkenntnisse der letzten Tage an. Hier auf dieser Landkarte habe ich..."

Am Ende fügte Klaas Klaasen sich seufzend in sein Schicksal und traf beim letzten Glimmen der Abenddämmerung mit Hannes im Schatten der Mauer um den Kirchhof zusammen. Beide Männer waren ganz in Schwarz gekleidet. Hannes Ruppel hatte sich sogar schwarze Schuhwichse ins Gesicht geschmiert. "Kennst du den Weg zur Entenkoje auch im Dunkeln?"

"Natürlich!"

"Verdammt, nicht so laut!" zischte Hannes. "Willst du die Gauner warnen? Die haben doch bestimmt hier ihre Helfershelfer."

"Ist ja schon gut", flüsterte Klaas. "Gewiss kenne ich

den Weg. Bin ja schließlich hier aufgewachsen, oder?"
"Dann mal zu!"
Klaas führte Hannes auf Schleichwegen zur Entenkoje. Es ging durch wenig benutzte Redder, Gräben, die nur bei Regenwetter Wasser führten, und besonders dichte Gebüsche. Eins musste man Klaas Klassen lassen - er kannte sich hier wirklich gut aus. Angesichts dessen fand Hannes es verwunderlich, dass es hier keine Erfolge beim Aufspüren der Schmuggler gab. Doch wahrscheinlich kannten sich die Nachkommen von Sören von der Entenkoje und seiner Bande noch besser aus oder hatten sich ihre eigenen geheimen Wege gebaut.

Als sie eine kleine Tannenschonung erreichten, wurde Hannes hinter eine hohe Holzmiete gezogen. "Auf der anderen Seite liegt der letzte Rest des Weges, dann beginnt der Wald um die Entenkoje. Wir müssen dazu gut zweihundert Meter über offenes Feld huschen. Am besten gehen wir nacheinander. Halte dich möglichst geduckt am Boden. Ich laufe vor. In meinem Rucksack habe ich eine alte Eisenbahnerlaterne. Ich werde mit dem Rotlicht leuchten, das fällt in der Nacht nicht so auf. Merk dir die Position gut - ich werde nur einmal leuchten. Sicher ist sicher. Verstanden?"
"Verstanden."
"Gut. Bis gleich."
Klaas schlich auf die andere Seite der Holzmiete. Angestrengt suchte er das bisschen ab, was vom Horizont zu sehen war. Die Nacht war fast so schwarz wie dicke Tinte. Es schien zwar der Mond, doch hielt er sich hinter dicken Wolkenbergen verborgen. Klaas horchte noch einmal in die Dunkelheit und lief dann los.

Hannes lugte um die Holzmiete herum. Es schien eine Ewigkeit zu dauern, bis endlich das rote Licht der Eisenbahnerlaterne für wenige Sekunden aufflammte.

Auch Hannes versicherte sich vorher, ob die Luft halbwegs rein war, dann rannte er los. Unvermittelt stolperte er über etwas, stürzte und rollte über harten Ackerboden.

Als Hannes sich wieder aufrappelte, hatte er die Orientierung verloren. "Verdammt!" Er versuchte, mit den Augen seine Umgebung zu erfassen. Er war wohl näher an dem Wald, als er gedacht hatte, denn die Baumkronen hoben sich so mächtig vom schwarzen Himmel ab, dass Hannes sie nahezu mühelos ausmachen konnte.

Er ging auf den Wald zu. "Klaas?" flüsterte er. "Klaas? Bist du da?"

Nichts zu hören. Vielleicht war er zu weit von der Stelle entfernt, an der Klaas sich versteckt hielt. Sollte er den Waldrand nach rechts oder links absuchen? Er entschied sich für rechts.

"Klaas? ... Klaas?"

Ein Knacken ließ Hannes zusammenfahren. Plötzlich stand Klaas neben ihm. "Wo warst du so lange?"

"Ich bin gefallen und wusste erst nicht, wohin ich sollte."

"Na, nun bist du ja da. Komm, die Zeit drängt."

Klaas führte Hannes tiefer in den Wald hinein, bis sich das Dickicht lichtete und sie am Ufer des Teiches der Entenkoje standen. In diesem Moment schoben sich die Wolken beiseite und der Mond tauchte das Gewässer in fahles Licht. Die Wasseroberfläche war mit Entengrütze bedeckt - trotz des Namens waren hier schon lange keine Enten mehr niedergegangen.

"Was habe ich dir gesagt?" raunte Klaas. "Hier ist nix."

"Die Schmugglerbotschaften kamen mit Tauben, hast du das vergessen? Und die landen nicht auf dem Wasser. Ich sage dir, hier passiert heute noch was. Es liegt so was komisches in der Luft."

"Was meinst du?"

"Hör doch."

"Ich höre nichts."

"Eben. Eine ganz merkwürdige Stille. Unheimlich. Da ist... Was war das?" Hannes hatte aufgehorcht. "Da drüben... am anderen Ufer."

Klaas ließ seinen Blick über den Teich schweifen. "Nichts. Es ist nur ein bisschen heller geworden, weil die Wolken jetzt ganz verschwunden sind. Der Mond liegt frei."

"Da hat sich aber etwas bewegt."

"Unfug."

"Doch - da! In der Baumkrone. Verdammt - was ist das?"

In der Baumkrone war eine Bewegung zu sehen. Ein unheimlich schimmernder Nebel trat hervor. In ihm schien sich ein Gesicht zu bilden. Es war ein Mann. Ein Mann mit dichtem Kinnbart und zerfurchter Stirn. Vom linken Ohr zog sich eine lange Narbe über die hohle Wange. Sein Haar war zerzaust und genau so strohblond wie der Bart.

Die beiden Gesetzeshüter erstarrten.

Langsam wurde die Nebelwolke dichter und verbreitete sich über dem ganzen See.

"Grundgütiger..." Hannes' Stimme war nur ein heiseres Krächzen. Klaas Klaasen war völlig verstummt.

Aus dem Nichts packte eine feuchte Klauenhand Hannes plötzlich bei der Kehle und drückte ihn so fest an den nächsten Baum, dass er Angst hatte, ihm würde das Rückgrat brechen.

"Klaas... hilf mir..." presste Hannes hervor. Doch Klaas Klaasen stand nur da, die Augen vor Entsetzen geweitet, unfähig, sich zu bewegen.

"Klaas... Bitte... Ich..."

Vor Hannes' Augen verwandelte sich der Nebel gänzlich in eine menschliche Form. Es war Sören von der Entenkoje.

"Gendarmenschwein!" zischte er Hannes bösartig entgegen. "Du hast doch alles gewusst, als du aus dem Museum gekommen bist. Hab' dich oft genug zu warnen versucht, seit du im Dorf aufgetaucht bist. Aber nein - musstest ja unbedingt weiterschnüffeln. Heute lasse ich dich nochmal davon kommen. Doch wenn du hier nochmal auftauchst, knüpfe ich dich in diesem Baum auf. So!" Die andere kalte Klauenhand packte Hannes unter dem Kinn und drückte seinen Kopf nach oben. Hannes konnte sich selber an einem Galgen vom stärksten Ast der alten Eiche hängen sehen. Er zitterte vor Furcht.

"Siehst du?" flüsterte Sören von der Entenkoje. "So wirst du enden, wenn du mich und meine Leute nicht in Ruhe lässt. Verschwinde also - oder geh' in den Tod. Verstanden? *OB DU VERSTANDEN HAST*?"

"J-j-ja... ich habe verstanden", keuchte Hannes. "Du wirst mich nie wiedersehen. Ich schwöre es."

Etwas blitzte auf, dann war der Nebel verschwunden. Hannes kam wieder frei und sackte entkräftet zu Boden. Nach einem Moment der Besinnung rappelte er sich auf.

"Klaas! Klaas!" Aufgeregt rüttelte Hannes den Dorfgendarm aus seiner Starre. "Wir müssen weg hier, wenn uns unser Leben lieb ist. Komm. *SOFORT!*"

Hannes packte Klaas am Arm und zog ihn mit sich. Die beiden rannten, so schnell ihre Füße sie trugen. Schon bald ließ Hannes Klaas' Arm los und gab Fersengeld. Rasch hatte ihn die Nacht verschluckt.

Klaas verlangsamte seinen Schritt, bis er schließlich stehen blieb. Er blickte in die Dunkelheit und horchte zugleich. Das panische Aufschlagen der schweren Stiefel von Hannes auf dem Waldboden war nicht mehr zu hören. Wahrscheinlich würde er gleich bis in die große Stadt durchlaufen, und wenn es die ganze Nacht und den nächsten Tag dauerte. Wie all die anderen vor ihm.

Klaas wartete noch einen Moment, bis er sich ganz sicher sein konnte, dass Hannes Ruppel nicht zurückkehren würde. Dann drehte er sich um und ging zur Entenkoje zurück. Er holte zwei kleine, erst gestern angelandete Fässchen mit Rum aus dem angestammten Versteck, um sie zu Lüder Ohlers in den Dorfkrug zu bringen. Klaas brauchte keine Angst zu haben. Seine eigenen Leute ließ Sören von der Entenkoje schließlich in Ruhe…

Fährmann, hol über

1880

Sorgfältig klopfte Fährmann Diederk Bonhagen die kalten Tabakreste in eine alte Schüssel, bevor er seine Pfeife in der Westentasche verstaute. Er saß auf der Holzbank vor seinem Fährhaus unweit der Ortschaft Süderbrack im Alten Land. Es war eine klarer Frühlingsabend im Mai. Die Sonne versank allmählich, das Tagblau des Himmels wandelte sich zu den Farben der herannahenden Nacht.

Aus dem Hinterland wehte der Duft der Obstblüte und vermischte sich mit den feuchten Schwaden der Elbe. Bei auflaufender Tide gesellte sich noch eine leichte salzige Brise hinzu.

Fährmann Bonhagen ließ seinen Blick schweifen. Bis zum Ufer der Insel Bracksand waren es gut sechshundert Meter über einen Nebenarm der Elbe. Vom Inseldorf war nichts zu sehen, es lag hinter einem Wäldchen verborgen. Es war nicht mehr als ein Weiler, der aus den wenigen Häusern für vier Elbfischerfamilien, zwei Schäfer und einen Binsenbauer bestand. So gut es ging versorgten sich die Familien selbst, was man dennoch benötigte, besorgte man sich aus Süderbrack. Auch zum Sonntagsgottesdienst setzte man dorthin über, denn eine Kirche gab es auf der Insel nicht. Nur seine Toten beerdigte man hier, dafür kam der Pastor von Süderbrack herüber, wenn es nötig war.

Obwohl Bracksand klein und nur spärlich besiedelt war, setzte Fährmann Diederk Bonhagen mehrmals am Tag über, sobald jemand die Fährglocke anschlug, denn geräucherte Aale und Stinte von Bracksand waren weithin begehrt und die Fanggründe rund um die Insel reichhaltig. Genauso begehrt waren die Körbe, die die Frau des Binsenbauern aus dem geernteten Binsengras flocht. Darum reichte Bonhagens kleines Dampfboot nur, um Leute überzusetzen. Für die Fracht besaß er einen kleinen Prahm, den er seitlich vertäut mitnahm.

Dreimal am Tag fuhr er zudem um die Landzunge im Westen von Bracksand herum und setzte zum anderen Ufer der Elbe nach Norderbrack über. Dort lieferte er Obst und Gemüse aus dem Alten Land ab, während er auf der Rückfahrt Dinge von den Milch-, Vieh- und Getreidebauern mitbrachte.

Bonhagen war nicht mehr ganz jung. Mit achtzehn hatte er den Posten des Fährmanns von seinem Vater übernommen, als dieser starb. Das war jetzt zwanzig Jahre her. Damit war er aber auch noch nicht ganz alt. Man sah es ihm nicht an, dass er noch einige Zeit vom Greisendasein entfernt war. Wie jeder, der auf dem Wasser seinen Lohn erarbeitete, war sein Gesicht wettergegerbt und schien älter, als es wirklich war. Wenn jemand ihn nach seinem Alter fragte, knurrte Bonhagen immer: "Ich bin genauso alt wie meine Nase und etwas älter als meine Zähne."

Bonhagen kniff die Augen zusammen. Die Öllaternen der Fährstelle von Bracksand ließen sich gut ausmachen.

Etwas weiter westlich blinkte in gleichmäßigem Takt das goldene Licht des Leuchtfeuers von Bracksandhöft auf, das Schiffen den sicheren Weg um die Landzunge wies.

Doch in dieser Nacht fuhr kein Schiff, dabei war sie wie gemacht dafür. Obwohl noch nicht einmal der zunehmende Halbmond ganz erreicht war, strahlte er hell vom Nachthimmel und erleuchtete die Landschaft so sehr, dass das Leuchtfeuer beinahe überflüssig war.

Der Kirchturm von Süderbrack schlug acht Uhr zum Abend. Die letzte Möglichkeit für heute war verstrichen, Bonhagen und sein kleines Fährboot mit der Glocke und dem Ruf "Fährmann, hol über!" auf den Fluss hinaus zu bringen. Wer nun kam, musste bis sechs Uhr in der Früh warten, sofern er nicht die lautere Alarmglocke läutete. Dafür musste er aber einen wirklich guten Grund haben, sonst erntete er nicht nur böse Scherereien mit dem Fährmann, auch der Gendarm von Süderbrack hatte dann ein Wörtchen mitzureden.

Bonhagen blieb noch eine Weile vor dem Haus sitzen. Er hasste den Winter, und der letzte war besonders hart gewesen. Umso kostbarer waren die Momente, in denen er abends bei Müßiggang auf seiner Bank sitzen konnte.

Das leise Gluckern der Wellen drang an sein Ohr, Nachtvögel machten ihre Geräusche, irgendein Tier schlug sich raschelnd durchs Deichgras. Sollte er noch eine Pfeife rauchen? Nein, morgen war Markttag. Er würde oft übersetzen müssen, da brauchte er alle Sinne und Kräfte beisammen.

Die Kirche von Süderbrack schlug zehn. Fährmann

Bonhagen stand auf und warf einen letzten Blick in die Nacht. Nichts zu sehen, nichts zu hören. Er ging ins Haus und schloss sorgfältig die Tür hinter sich.

Von irgendwoher ertönte der Ruf einer Unke.

1900

I.

Mit einem Gefühl von Unwirklichkeit ging Matten Hinrichs am Morgen des 13. Mai von Bord des Dampfers *Melchior*. Es mutete ihm an, als würde er seinen Fuß auf fremden Boden setzen statt auf den der Heimat. Die letzten zwanzig Jahre hatte er in Südamerika verbracht, wo er als Zimmermann zunächst geholfen hatte, die Kirche in einer der deutschen Kolonien zu bauen, in denen sich die Salpeterhändler niedergelassen hatten. Später hatte er für den Tischler gearbeitet, der die Särge und Grabkreuze anfertigte. Jahr um Jahr hatte er dabei von seinem Verdienst nur das Allernötigste für sich ausgegeben. Den Rest hatte er sorgsam gespart. Nun kehrte er zurück.

Wie sehr Hamburg sich verändert hatte. Auf seinem Gang vom Anleger fort fand Matten Hinrichs sich kaum zurecht. Die alten Wohnhäuser auf dem Kehrwieder und am Alten Wandrahm waren verschwunden, an ihrer Stelle standen nun riesige Lagerhäuser, die alles, was er aus Chile kannte, in den Schatten stellten. Mehrmals musste er nach dem richtigen Weg fragen, bis er schließlich den Hannoverschen Bahnhof auf dem Großen Grasbrook erreicht hatte.

Er fuhr zunächst bis Harburg, wo er in die Unterelbebahn nach Stade umstieg. Von dort reiste er mit dem Pferdeomnibus dann weiter bis nach Süderbrack. Bis in diesen Teil der Welt waren die Dampfomnibusse, von denen ihm ein Londoner Kaufmann auf dem Schiff erzählt hatte, noch nicht gekommen. Noch nicht mal in Hamburg hatte er einen zu Gesicht bekommen, nur die elektrische Straßenbahn.

Die Reise war lang und anstrengend. Der Abend dämmerte schon, als der Pferdeomnibus zu seiner letzten Station davonrumpelte und Matten auf dem Marktplatz von Süderbrack stand. Hier hatte sich wirklich nichts verändert. In den üppig verzierten Zweiständerhäusern im Dorf zeigte sich die einträgliche Fruchtbarkeit des Alten Landes ebenso wie in den prächtig blühenden Obstbäumen des Umlandes. Nicht mehr lange, bis die Bauern wieder ihre Kinder genauso wie jeden anderen, den sie auf ihrem Hof sonst noch erübrigen konnten, mit Topfdeckel und Kochlöffeln, selbstgebauten Rasseln, mit alten Kuhglocken und allem anderen, das tüchtig Lärm machte, durch die Baumreihen schicken. Jeden Tag. Bis zur Ernte. Es galt, die gefräßigen Vögel zu vertreiben, die genau so wie die Menschen jedes Jahr darauf hofften, dass die Bäume reichhaltig trugen.

Aus dem Dorfkrug klangen Lachen und vielstimmige Gespräche auf den Marktplatz hinaus. Matten ging außen herum auf die Rückseite des alten Gebäudes, wo der Pfad begann, der ihn an Obstwiesen entlang zur Fährstelle führte. Anders als vor dem Krug gab es hier keine Gaslaternen, die den Weg erleuchteten. Vorsichtig schritt er über den nur lose befestigten Schotterweg, der gerade breit genug für ein Pferdefuhrwerk war, und doch passierte es ihm zwei Mal, dass er über etwas stolperte und beinahe längelang hinfiel.

Endlich hatte er den Elbdeich erreicht und erklomm ihn. Von der Deichkrone konnte er das Fährhaus ausmachen, das im Licht eines fast vollen Mondes lag. Wie ein Halligbauernhof auf seiner Warft thronte es auf einer kleinen Anhöhe. Nun konnte Matten auch wieder den Weg ausmachen.

Festen Schrittes legte er die letzten Meter zurück. Am Fährhaus war alles still, doch in der Döns brannte noch Licht. Energisch klopfte er an die Tür.

"Fährmann! He, Fährmann! Setz mich über!"

Schwere Schritte näherten sich der Tür.

"Heute nicht mehr", kam es unwirsch von innen. "Es ist nach acht. Ich setze nicht mehr über."

"Aber ich bin erst jetzt mit dem Pferdeomnibus in Süderbrack angekommen!"

"Soll meine Sorge nicht sein. Geh in den Dorfkrug, die haben Zimmer. Morgen kannst du wiederkommen."

"Du willst doch einem alten Sohn der Heimat nicht verwehren, die letzten Meter seiner langen Reise aus der Ferne zu Ende zu bringen?"

"Was weißt du von den Söhnen der ehrlichen Männer hier am Strom? Der letzte alte Sohn der Heimat, den es in die Ferne gezogen hat, ist vor zwanzig Jahren gegangen."

"Und heute ist er zurückgekehrt. Ich bin Matten Hinrichs, der Sohn Claus Wilhelm Hinrichs, Stintfischer auf Bracksand."

Für einen Moment herrschte Stille. Dann hörte Matten, wie innen zwei schwere Riegel bewegt wurden. Die Tür öffnete sich. Ein altes, wettergegerbtes Gesicht erschien. "Fährmann Bonhagen - bist du das immer noch?"

"Wer sollte es sonst sein?" fragte Bonhagen mürrisch. "Frau und Sohn sind mir nicht vergönnt gewesen. Glaubst du, es will jemand so einen Posten übernehmen, wenn er nicht muss?"

"Erkennst du mich denn auch?"

"Natürlich erkenne ich dich. Bist wirklich Matten Hinrichs... Nach so langer Zeit... Hat Trina Wangel in ihren letzten Tagen also recht gehabt, dass in diesem Frühling etwas geschehen wird. Älter bist du geworden, aber an den Augen deiner Mutter erkenne ich dich sofort."

"Also, setzt du mich heute noch über oder nicht?"

"Nein. Ich setze niemanden mehr über nach acht. Im Mai schon gar nicht. Aber du kannst hier bleiben über Nacht, wenn du willst. Brauchst der alten Natter vom Dorfkrug nicht dein Geld in den gierigen Schlund werfen."

Fährmann Bonhagen öffnete die Tür und ließ Matten eintreten. Mit einer knappen Kopfbewegung zeigte er auf die Tür zur Küche. "Komm mit. Hast bestimmt Hunger nach der langen Reise."

"Allerdings. Seit ich heute Morgen in Hamburg vom Dampfer gegangen bin, habe ich nichts ordentliches mehr zu essen gehabt. Das Essen in dem Krug in Stade war nur eine dünne Suppe, kaum mehr als Wasser mit etwas Salz und ein paar Blättern Petersilie drin. Davon kann keiner satt werden."

Bonhagen lachte ein raues, kehliges Lachen. "Das magst wohl sagen. Setz dich. Ich kann dir nur Brot und etwas Butter bieten. Nicht viel, aber mehr brauche ich auch nicht, und es macht satt."

Matten ließ sich nieder. Fährmann Bonhagen brachte alles für eine bescheidene Mahlzeit Notwendige auf den Tisch, auch einen Krug Bier für jeden, ehe er sich dazusetzte. Sie begannen zu essen.

"Siehst gut aus", stellte Bonhagen nach ein paar Bissen fest. "Nicht reich, aber auch nicht arm. Scheint dir gut ergangen zu sein in der Ferne. Was treibt dich also her?"

"Ich will den Pakt einlösen, den mein Vater und ich geschlossen haben, als ich fortgegangen bin. Er hat mir damals das Geld für die Auswandererpassage nach Valparaíso geborgt. Nach zwanzig Jahren würde ich es ihm mit Zins und Zinseszins zurückzahlen, wenn er noch leben sollte. Sonst sollte es mein Erbe sein. Da mich keine Nachricht von seinem Tod erreicht hat, bin ich nun hier."

Bonhagen nickte. "Das ist wohl wahr, dein alter Herr lebt noch."

"Aber er ist schon alt. Darum verstehst du sicher, wie wichtig es mir darum bestellt ist, schnell zu ihm zu kommen. Willst du deinem Herzen nicht einen Stoß geben und mich heute noch übersetzen?"

"Nein!" Mit der Faust hieb Bonhagen auf den Tisch. "Ich setze nur bis acht Uhr am Abend über. Nur in äußerster Not fahre ich noch einmal hinaus." Grimmig setzte er hinzu: "Und wie in jedem Jahr hoffe ich, dass es im Mai nicht einen einzigen Notfall gibt."

"Was heißt das?"

"Müsstest du das nicht am besten wissen? Bist ja nicht ganz unschuldig, dass wir keine Ruhe mehr hier finden, seit du fortgegangen bist, und jedes Jahr aufs Neue an das Unglück erinnert werden."

Matten starrte Bonhagen an. "Woran soll ich Schuld tragen? Welches Unglück? Los, schnack!"

"Tu nicht so. Wegen dir ist ein armes Menschenkind in Schwierigkeiten geraten. Muss ich noch mehr sagen?"

"Ja, musst du, Diederk Bonhagen! Ich lasse mir keine Schuld aufladen, die man mir nicht erklären kann!"

"Du besinnst dich doch noch auf Gesche Dettmann, oder?"

"Natürlich, wir standen uns recht gut, bevor ich fortgegangen bin. Ich werde sie wie alle anderen in Bracksand auch besuchen, wenn ich bei meinem Vater war. Will sehen, was aus ihr geworden ist."

"Matten Hinrichs, sieh mir in die Augen und sage mir ehrlich: Weißt du wirklich nicht, was mit Gesche Dettmann geschehen ist? Hat dein Vater dir das nie geschrieben? Er kennt die Geschichte genau so gut wie alle anderen hier!"

"Bei allem, was mir heilig ist, ich schwöre es!"

Fährmann Diederk Bonhagen wandte den Kopf ab und blickte nachdenklich aus dem Fenster. Die Nacht war hereingebrochen, am Ufer von Bracksand ließ sich das Licht der Fährstelle ausmachen. Der Leuchtturm warf sein wegweisendes Licht in die Nacht. "Dann mach dich auf einen Schrecken gefasst", sagte er ruhig. "Gesche Dettmann ist aus dem Leben geschieden. Nur wenige Wochen, nachdem du fortgegangen bist."

"Mein Gott!" rief Matten. "Wie ist das passiert?"

"Ist ins Wasser gegangen. Bei ablaufender Tide. Du weißt, wie stark die Strömung hier im Nebenarm ist. Wenn ihr lebloser Körper nicht an dem übrig gebliebenen Dalben hängengeblieben wäre, wo bis zu der

Sturmflut im November achtzehndreiunddreißig der alte Fährsteg war, hätte der Strom sie vielleicht bis auf die Nordsee hinaus getragen."

"Bonhagen, halt auf! So genau musst du's mir auch nicht verklaren. Aber warum ist sie ins Wasser gegangen?"

"Tja, warum... Das kann wohl nur eine beantworten."

"Wer?"

"Die alte Stine, Gesches Mutter."

"Was sagt sie?"

"Gar nichts. Spricht seit jener Nacht kein Wort mehr. Hat völlig den Verstand verloren. Hockt jeden Tag nur noch auf ihrem Stuhl in der Döns und starrt aus dem Fenster. Sie wäre wohl längst eingegangen, wenn Guste, die Frau des Binsenbauern, nicht wäre. Hat sich ihrer angenommen, die gute Seele. Holt sie morgens aus dem Bett, wäscht sie, bringt sie auf den Stuhl, füttert sie und bringt sie abends wieder ins Bett. Weil die alte Stine nur dasitzt und keinem was tut, ist sie nicht in die Irrenanstalt gebracht worden. Einmal im Monat sieht der Arzt aus Süderbrack nach ihr. Er sagt, dass ihr Leib völlig gesund ist."

"Gibt es Ahnungen, warum das alles so gekommen ist?"

"Ahnungen!" Bonhagen lachte spöttisch. "Sluderkrom trifft es eher. Die Leute finden immer einen Grund, ihren Sabbel aufzutun, dichten hier was dazu, hängen da was an, und keiner weiß am Ende mehr, was wirklich noch wahr ist. Muss ich dir nicht sagen, oder? Bist doch von hier."

"Was erzählt man sich am meisten? Nun rede schon", drängte Matten, als Bonhagen schwieg.

"Es heißt, dass Gesche dir mehr als nur freundschaftlich zugetan war. Sie hat gehofft, eines Tages deine Frau zu werden. Als du gegangen bist, um dein Glück in Südamerika zu suchen, war sie so unglücklich, hat sie sich dem Erstbesten an den Hals geworfen, und der hat ihr ein Kind gemacht. Da ist sie ins Wasser gegangen."

Matten Hinrichs stierte in seinen Bierkrug. Er versuchte, sich auf damals zu besinnen. Zwanzig Jahre... Die Erinnerungen flogen unvollständig herbei, wollten sich nicht zu einem Ganzen zusammenfügen. Dann kam ihm ein Gedanke.

"Du hast gerade gesagt, dass ihr seit zwanzig Jahren keine Ruhe findet. Was meinst du damit?"

Bonhagen schnaubte nur und schüttelte den Kopf. "Tut nicht nötig, das auszusprechen. Würdest eh nur sagen, dass ich ein alter Mann bin, der Weibergewäsch von sich gibt."

"Weibergewäsch ist's, wenn du anfängst, aber deine Worte nicht wie ein Mann von Ehre zu Ende bringst, also schnack, Diederk Bonhagen."

Der Fährmann schwieg noch eine Weile. Dann nahm er einen kräftigen Schluck von seinem Bier. "So, wie der Verstand der alten Stine sich der Welt verschließt, so hat sich wohl auch Gesche der anderen Seite verschlossen. Findet keine Ruhe. Ist auch kein Wunder. Liegt ja auch auf der Hundeseite des Friedhofs. Kein geweihtes Grab, wie es allen Sündern geschieht, die ihrem Leben selbst ein Ende machen."

"Sie findet keine Ruhe? Was meinst du?"

"Jedes Jahr in der Nacht auf den fünfzehnten Mai schlägt die Alarmglocke am Steg von Bracksand. Natürlich muss ich Folge leisten und überholen. Könnte ja wirklich was sein. Doch wenn ich ankomme, ist dort niemand. Nur auf halbem Weg zwischen dem Ufer und dem alten Dalben ist etwas zu sehen, dort muss in jener Nacht der Lebensfunke in Gesche Dettmann verloschen sein. Denn der weiße Schleier, den man dort sieht, zeigt das Gesicht einer jungen Frau, sobald er sich ganz erhoben hat. Dann wird er grün und ein seltsamer Geruch nach Blumen liegt über allem."

Bonhagen blickte Matten trotzig an.

"Ich weiß, was dir durch den Schädel geht. Brauchst gar nichts sagen, ich sehe es dir an. Hältst alles für Geschwätz von einem Narren, der wohl auch nicht mehr allzu viele Jahre von Petrus zugestanden bekommt. Doch lass mich dir eins sagen, Matten Hinrichs: Der Sohn vom Pastor in Süderbrack hat die Gesche genau so gesehen wie der Sohn vom Arzt. Beides feine, anständige Jungs. Keine, die sich wichtig tun wollen. Aalfischer Bruhn ist ihr auch begegnet, als er vor drei Jahren bei Ebbe *op Schiet lopen* ist und auf die nächste Flut warten musste. Als er spät am Abend endlich zurückgekommen ist, hat er's gesehen."

Bonhagen leerte seinen Bierkrug.

"Genug Gesabbel für heute Abend. Geh schlafen. Das Bett in der Kammer unterm Dach ist jederzeit frisch gemacht. Kann ja immer mal sein, dass sich doch noch von jetzt auf gleich ein Moses findet, der eines Tages meinen Posten übernimmt."

II.

Matten fand keinen Schlaf in dieser Nacht. Er lag auf

der schmalen Schlafgelegenheit, die kaum mehr als ein Feldbett war, und starrte zur Dachschräge hinauf. Er konnte nicht glauben, dass er Schuld daran tragen sollte, dass Gesche Dettmann ins Wasser gegangen war. Gewiss, sie waren sich sehr zugetan gewesen, doch mehr wie Geschwister als wie zwei junge Leute, die eines Tages vor den Pastor treten sollten. Er und Gesche waren die einzigen Junggäste auf Bracksand gewesen. Jeder von ihnen hatte Sorgen und Nöte gehabt, die man nur verstand, wenn man jung war. Mit wem sollte man sich sonst aussprechen, wenn es keinen anderen gab?

So sehr Matten auch grübelte, ihm wollte nichts einfallen, was er getan haben konnte, um bei den Leuten von Bracksand die törichten Einfälle zu wecken, von denen Diederk Bonhagen ihm berichtet hatte.

Dunkle Ringe lagen unter seinen Augen, als er sich am Morgen gleich um sechs Uhr mit der ersten Fahrt von Fährmann Bonhagen übersetzen ließ.

Mattens Mutter schrie auf, als sie auf ein Klopfen hin die Tür öffnete und ihren Sohn vor sich sah. Doch der Schrecken wandte sich schnell in Freudentränen. Sie holte Matten ins Haus und brachte ihn zu seinem Vater in die Döns. Wie alle Mütter, deren Sohn nach langer Zeit heimkehrte, fand sie Matten viel zu dünn und ging sofort in die Küche, um etwas ordentliches zu kochen. Natürlich wusste sie auch, was die beiden Männer miteinander abzumachen hatten.

Claus Wilhelm Hinrichsen umarmte seinen Sohn stumm zur Begrüßung. Dann zahlte Matten feierlich seine Schulden zurück - auf Zins und Zinseszins, wie versprochen.

"Eigentlich solltest du zufrieden dreinblicken, Junge",

sagte Vater Hinrichs, als sie sich am Tisch in der Döns gegenübersaßen. "Siehst aber nicht aus wie jemand, der stolz darauf sein kann, sein Wort gehalten zu haben. Plagt dich etwas? Hast du Sorgen in Südamerika?"

"Nein, Vadder", antwortete Matten. "Alles allerbest. Ich stehe gut da in unserer Kolonie. Mein Baas hofft, dass ich bald zurückkehre."

"Ist dir auf dem Weg hierher etwas passiert?"

"Nicht passiert, aber mir sind Dinge zu Ohren gekommen, die mir nicht gefallen."

"Erzähl."

Und Matten erzählte. Als er geendet hatte, schnaubte sein Vater verächtlich.

"Gib nicht zuviel auf das, was Diederk Bonhagen sagt. Der ist genau so ein Sluderweib wie Trina Wangel. Haben ihre Köpfe doch ständig zusammengesteckt gehabt. Hat mich immer gewundert, dass er sie nie zur Frau genommen hat, da hätten sich die beiden Richtigen zusammengetan. Na, dann wäre er jetzt auch Witwer. Am letzten Karfreitag ist Trina Wangel eingeschlafen, aus gerechnet Freitag, der dreizehnte. Was ein Hohn. Hoffentlich hat sie schön geschlottert, als ihr aus dem großen Buch vorgelesen wurde, was sie alles angerichtet hat mit ihrer Sluderei."

"Was meinst du?"

"Junge, sei nicht so dummerhaftig. Du weißt doch am besten, dass da nichts war zwischen dir und Gesche Dettmann. Sie mochte dich, ja. Aber sie hatte nur Augen für Johann, den Sohn von Apfelbauer Harms aus Norderbrack. So sehr, dass ein Kind unterwegs war, noch bevor sie verheiratet waren."

"Was hat Trina Wangel damit zu kriegen?"

"Sie hat überall rumgesludert, dass das Kind von dir ist und Stine sie deswegen zur Engelmacherin schicken wollte. Dabei war das Kind von Johann - er ist zu mir gekommen und hat mir versichert, dass du frei von jeder Schuld bist und dass er auch bei der alten Stine alles geraderücken wollte. Er wollte Gesche bei nächster Gelegenheit heiraten. War ein anständiger Junge und hätte später den Hof seines Vaters ehrenvoll weitergeführt."

"War?"

"Er kam nicht mehr dazu, zur alten Stine zu gehen. Die hatte natürlich inzwischen auch gehört, dass Gesche was Kleines kriegen sollte und wollte sie zur Engelmacherin jagen. Dann hätte es kein Kind gegeben, man hätte Trina lügenstrafen können und niemand hätte von der Schande erfahren. Doch auch das mit der Engelmacherin hat Trina Wangel gehört und sofort rumerzählt. Den Rest kennst du - in ihrer Verzweiflung ist Gesche Dettmann dann in jener Nacht ins Wasser gegangen."

"Und kommt jedes Jahr wieder", murmelte Matten.

"Ach, hat Bonhagen dir das auch erzählt?"

"Dann stimmt es?"

"Ja, es stimmt." Seine Mutter war ins Zimmer gekommen und brachte Tee. "Ich hab' Gesche Dettmann mit eigenen Augen gesehen. Ich werde es nie vergessen. Ich kann keine Lilien mehr riechen, ohne das die Erinnerung daran zurückkommt."

"Lilien?"

"Ich weiß, du wirst deine alte Mutter für verrückt halten, doch solange dieser Nebel zu sehen war, konnte man überall an der Fährstelle den Geruch von Lilien wahrnehmen. Dabei wachsen dort sonst nur ein paar Gräser und jetzt im Mai etwas Raps, der sich selbst ausgesät hat."

"Lass gut sein, Mudder", sagte Claus Wilhelm Hinrichs. "Der Junge ist nicht gekommen, um über Blumen zu schnacken."

"Ist schon recht, Vadder", erwiderte Matten. "Aber ich muss gleich los, Bonhagen soll mich auf seine Mittagsfahrt nach Norderbrack mitnehmen. Ich will zu Johann Harms, will hören, was er zu erzählen hat."

"Das kannst du dir sparen, Junge. Johann Harms ist auch nicht mehr da. Nach Gesches Tod hat ihn jeder Lebenswille verlassen. Einen ganzen Tag und eine ganze Nacht hat er an der Stelle gesessen, an der sie ins Wasser gegangen ist. Es hat in Strömen geregnet. Dabei hat er sich eine Lungenentzündung geholt und sich drei Wochen auf dem Krankenlager gequält, bis er endlich erlöst war."

III.

Matten musste wieder an den englischen Kaufmann vom Dampfer *Melchior* denken. Von einem Museum in London hatte er erzählt, in dem Puppen aus Wachs standen, so menschenecht, dass man sich fragte, ob sie wirklich nur Puppen oder sogar doch in Starre verharrende lebendige Menschen waren.

Genau so wirkte die Döns der kleinen Fischerkate, dem letzten Haus auf Bracksand, bevor man das Ostufer der Insel erreichte. Das einzig wirklich Lebendige in dem Zimmer war eine Biene, die einen

Strauß Blumen in einer Porzellanvase auf dem Tisch umkreiste. In einem Stuhl saß Stine Dettmann, regungslos, den unbewegten Blick auf das Fenster gerichtet.

Obwohl sein Vater ihn gewarnt hatte, war er hingegangen und versuchte nun seit einer halbe Stunde, sie zum Sprechen zu bringen. Doch es musste wahr sein: Stine Dettmanns Leib mochte noch auf Bracksand weilen, doch der Himmel allein wusste, wo ihr Verstand geblieben war.

Wut und Traurigkeit brachen über ihn herein. Soviel Unglück war geschehen und soviel falsches Gerede darüber in die Welt gesetzt worden. Wenn er es nur eher gewahr geworden wäre, hätte er Gesche, die liebe, gute Freundin und Ratgeberin Gesche, die ihm zugeraten hatte, sein Glück in der Fremde zu suchen, weil er mehr wollte, als sein Leben lang nur Stinte zu fischen... Nun, er hätte sie nicht wieder lebendig machen können. Aber vielleicht hätte er dafür sorgen können, dass das falsche Gerede aufhörte.

Ein noch viel schrecklicherer Gedanke kam ihm: Wenn er gar nicht erst weggegangen wäre, hätte er Gesche und Johann sogar helfen können, ihr Glück zu finden. Vielleicht wäre all das Unglück gar nicht erst geschehen...

Er sah auf die alte, krumme Frau nieder, die immer noch bewegungslos ins Leere starrte

"Warum hast du das nur getan?" fragte Matten. "Nur durch deine dumme Engstirnigkeit ist sie ins Wasser gegangen. Der Junge von Bauer Harms war ein anständiger Junge. Er hätte Gesche sowieso zur Frau nehmen wollen. Einen Tag, bevor das große Unglück geschehen ist, hat Johann Harms seinen ganzen Mut zusammengenommen und seinem Vater von seinen Plänen berichtet. Und der alte Harms hat ihn ermutigt. Am nächsten Tag wollte er herkommen und um die Hand deiner Tochter anhalten. Gesches Kind, *dein Enkelkind* wäre nicht als Kuckucksei aufgewachsen, es hätte eine anständige Mutter mit einem ihr anständig angetrauten Mann gehabt."

Die alte Stine starrte weiter wortlos vor sich hin. Aber lag da nicht ein feuchter Schimmer in ihren Augen?

"Drei Menschen hast du auf dem Gewissen: Deine Tochter, dein Enkelkind und den armen Harms-Jungen, der sich vor Gram hingelegt hat und nicht wieder aufgestanden ist. Warum nur wolltest du sie zur Engelmacherin schicken? *WARUM?*"

"Lass sie, Junge. Sie wollte Gesche ja gar nicht zur Engelmacherin schicken."

Matten fuhr herum. Im Türrahmen stand Guste, die Frau des Binsenbauern. "Was weißt du darüber?"

"Mehr, als mir lieb ist", sagte die Frau, deren Gesicht genauso vom Alter zerfurcht war wie das der alten Stine.

"Dann erzähle es mir."

"Warum? Ich habe es so oft erzählt, doch es hat mir ja keiner geglaubt. Alle haben gesagt, ich würde es nur verbreiten, damit man die alte Stine in Ruhe lässt und sie nicht in die Irrenanstalt bringt."

"Das hat ja wohl auch geklappt."

"Und doch ist es die Wahrheit."

"*Was* ist die Wahrheit? Guste, sag es mir. Ich muss es einfach wissen. Ich habe tausend Sachen gehört, und das meiste ist wohl Sluderkrom. Aber du - du hast nie gesludert, daran erinnere ich mich noch. Warst immer die anständigste und ehrlichste von den Leuten hier auf Bracksand. Ich bin mir sicher, dass ich von dir die wirkliche Wahrheit hören werde."

"Also gut. Die alte Stine hat sich auf das Kind von Gesche gefreut. Natürlich war sie in Sorge, dass die Leute sludern würden, wenn das Kind schon nach nur sieben Monaten auf die Welt kommen sollte, doch sie war sich sicher, das sich das legen würde. Ich war an jenem Abend bei ihr. Gesche war unterwegs, Besorgungen machen. Voller Freude hat Stine über das Kind gesprochen." Guste sprach langsam, manchmal brach ihre Stimme. Die Erinnerung quälte auch sie.

"Ich weiß noch genau jedes einzelne Wort, das sie sagte, und jetzt höre ganz genau zu, Matten Hinrichs. Sie sagte: *'Gesche und Johann werden ganz Bracksand viel Freude mit dem kleinen Engel machen.'*"

Mattens Augen wurden weit. Allmählich begriff er.

Guste sprach weiter: "Trina Wangel kam am offenen Fenster vorbei und hat nur die beiden letzten Worte gehört. Natürlich hatte dieses alte Sluderweib nichts besseres zu tun, als überall zu erzählen, dass Stine ihre Gesche zur Engelmacherin schicken wollte, damit es keinen Bastard in der Familie gab. Gesche hat davon gehört und kam in Tränen aufgelöst nach Hause. Wir konnten sie rasch beruhigen. Als Stine ihr sagte, dass in dem Gewäsch von Trina Wangel kein Funke Wahrheit steckte, weil es eine Hochzeit geben sollte, ist Gesche vor lauter Glück aufgesprungen und davongerannt. Sie wollte zum Steg und Fährmann Bonhagen zu seiner letzten Fahrt überholen lassen, um ihm eine Nachricht mitzugeben, die er gleich am Morgen an Johann geben sollte. Wie jeden Tag. Diederk Bonhagen war so etwas wie der Postillion der beiden."

"Dann ist sie gar nicht ins Wasser gegangen?"

"Warum denn? Es gab doch gar keinen Grund dazu."

"Ich verstehe nicht."

"Aber gleich vielleicht." Guste ging zu einem Schrank hinüber. Langsam öffnete sie eine Tür, nahm etwas hinaus und ging damit zu Matten. "Kennst du das?"

"Natürlich. Gesches Brille. Sie war so dankbar dafür, dass der alte Doktor Hopf von Süderbrack sie bezahlt hat, weil er der alten Stine noch einen Gefallen schuldete."

"Richtig. Doch in ihrem Glück hatte sie vergessen, die Brille aufzusetzen und ist einfach so losgerannt, und du weißt, dass sie ohne die Brille fast gar nichts sehen konnte. Die rutschige Uferböschung muss ihr Verhängnis geworden sein."

"Dann... dann..." Matten musste nach Worten ringen. Zu ungeheuerlich überfiel ihn die Erkenntnis. "Dann war Gesches Tod nur ein tragischer Unfall?"

"So muss es gewesen sein."

Matten sah Stine an. Noch immer schwieg sie, doch nun rollten Tränen ihre Wangen hinunter. "Warum gibst du dir die Schuld, Stine?" sprach er sie an.

"Kannst du dir das nicht denken? Sie quält sich mit diesen zwei Worten - *Engel machen*."

"Aber sie hat den Tratsch doch nicht verbreitet - das war Trina Wangel."

"Und doch hat sie sie ausgesprochen. Hätte sie etwas anderes gesagt, wäre Trina Wangel vielleicht nie losgerannt."

Matten schüttelte ungläubig den Kopf. So ein Unglück, so viele zerstörte Leben nur wegen zweier unschuldiger Worte und einem Sluderweib, das seinen törichten Rappel nicht halten konnte.

Er brauchte frische Luft und ging zum Fenster, das er öffnete. Er streckte den Kopf nach draußen, die Brille hatte er immer noch in der einen Hand.

Er tat einen tiefen Atemzug. Der Duft der Lilien unter dem Fenster stieg ihm in die Nase. Was für ein aufregender Tag, dieser vierzehnte Mai des Jahres neunzehnhundert. Der Tod von Gesche jährte sich in dieser Nacht zum zwanzigsten Mal, und es gab ein Wissen, das nichts mehr änderte.

Oder vielleicht doch? Vierzehnter Mai... der Duft von Lilien... seine Arbeit für den Pastor und den Sargtischler in der deutschen Kolonie in Valparaíso... Heilige... ihr Wirken und ihre Gedenktage... ein weißer Schleier auf dem Wasser, der grün wurde...

Mit einem Mal wusste Matten Hinrichs, was zu tun war.

IV.

Fährmann Diederk Bonhagen zögerte, die Leinen zu lösen, die sein Dampfboot am Anleger von Süderbrack festhielten.

"Nun mach schon", drängte Matten. "Wir haben nur diese eine Nacht, sonst heißt es ein ganzes Jahr warten."

"Aber das sind doch alles Spökenkiekereien", sagte Bonhagen.

"Die *du* mit verbreitet hast, nachdem Trina Wangel sie in die Welt gesetzt hatte. Jetzt hilf gefälligst mit, für Frieden zu sorgen." Matten funkelte den Fährmann grimmig an.

"Er hat recht", sagte Hinrich Petersen, der Arzt von Süderbrack, der die Aufgabe vom alten Doktor Hopf übernommen hatte.

"Du als Studierter gibst ihm recht? Dem einfachen Fischersohn, der von den Eingeborenen in Südamerika Gott weiß was gelernt hat?"

"Was immer er von denen gelernt haben mag - schlimmer als die Ammenmärchen hier im Alten Land kann es auch nicht sein."

"Wenn das der Pastor wüsste."

"Er weiß es aber nicht, und nun mach endlich."

"Ihr müsst es ja wissen", brummte Bonhagen und machte endlich die Leinen los.

"Nun sag mir noch einmal genau, warum wir das alles machen", sagte Doktor Petersen zu Matten, als sich das kleine Dampfboot langsam vom Süderbracker Steg entfernte.

"Es fiel mir wie Schuppen von den Augen, als ich am Fenster der alten Stine stand und den Lilienduft einatmete. Um ganz sicher zu gehen, bin ich sofort zu meinen Eltern geeilt, wo der Koffer mit meinen Habseligkeiten steht. Der *Padre* in unserer Gemeinde hat mir einmal ein kleines Büchlein geschenkt, in dem alle Heiligen verzeichnet sind. Die Nacht vom vier-zehnten zum fünfzehnten Mai ist die Nacht vor St. Dymphna. Ihr Zeichen ist eine Lilie und ihre Farbe ist grün - wie der Nebel, denn man der Fährstelle sieht."

"Und?"

"St. Dymphna ist die Schutzpatronin der Irren. Also hält sie auch die Hand schützend über die alte Stine. Ich bin sicher, sie will Stine und Gesche helfen, damit beide ihren Frieden finden. Aber heißt es hier in der Gegend nicht immer, das Wassergeister an den Ort gebunden sind, wo sie ihr irdisches Dasein verloren haben? Wir müssen also die alte Stine zum Steg von Bracksand bringen, den Gesche kann nicht zu ihr kommen."

Der Doktor war ein kluger Mann. Bei all seiner Bildung wusste er, dass die Menschen hier am Strom ihren eigene Art hatten, sich das Leben zu erklären. Darum hatte er in Mattens Vorschlag eingewilligt.

Es kostete einige Mühe, die alte Stine nach Einbruch der Dunkelheit zum Steg zu bringen. Als sie merkte, dass Guste sie nicht wie üblich zu Bett bringen wollte, versteifte sie ihre Glieder und wurde noch starrer als vorher.

Matten sah den Doktor fragend an. Der nickte. Matten hob Stine hoch und trug sie aus dem Haus. Sie wehrte sich nicht, wurde nur noch steifer. Während Matten sie zum Steg trug, brachte der Doktor den Stuhl hinterdrein.

So nah am Wasser, wie es ging, ohne die alte Stine in Gefahr zu bringen, stellten sie den Stuhl auf. Vorsichtig setzte Matten sie darauf ab. Dann versteckte er sich mit dem Doktor in einem Gebüsch.

Am anderen Ufer, am Steg von Süderbrack, saß Fährmann Diederk Bonhagen auf seiner Bank und zitterte. Er wusste genau, dass bald die Alarmglocke schlagen würde. So war es in den letzten zwanzig Jahren immer gewesen. Und heute fühlte er sich ganz besonders an jene Nacht erinnert. Damals war nicht einmal Halbmond gewesen, und doch war die Nacht so hell gewesen wie heute bei Vollmond. Er erinnerte sich noch genau, wie er Gesche in ihrem weißen Frühlingskleid an dem alten

Dalben gefunden hatte. Er hatte nie gewusst, wer damals die Alarmglocke geläutet hatte. Gesche konnte es nicht gewesen sein. Von dort, wo sie ins Wasser gegangen war, lag der Pfahl mit der Alarmglocke fast zehn Meter entfernt. Bonhagen erschauerte bei dem Gedanken an den gespenstischen Anblick.

Gespenstisch war es auch für Matten und den Doktor. Wie eine Puppe saß Stine regungslos auf ihrem Stuhl, vom hellen Mondlicht in einen schaurigen Mittelpunkt gerückt.

Lange tat sich gar nichts. Mattens Herz begann zu sinken. Er war sich so sicher gewesen...

Doch dann schlug wie aus dem Nichts die Alarmglocke an. Ein Mal, zwei Mal, drei Mal. Aus der Ferne hörte man, wie der Motor von Bonhagens Dampfboot zu tuckern begann.

Matten und der Doktor hielten beide den Atem an. Doch Stine saß immer noch allein und regungslos in ihrem Stuhl.

"Da!" zischte der Doktor auf einmal und packte Matten so heftig beim Arm, dass es schmerzte.

In der Tat. Auf dem Wasser schien ein weiß schimmernder Nebel. Immer mehr erhob er sich, bis er schließlich die Form einer jungen Frau hatte.

Entsetzt klammerten der Doktor und Matten aneinander fest.

Die Luft duftete auf einmal nach Lilien, als der Nebel sich langsam erhob und auf Stine zuschwebte. Schließlich hielt er sie umfangen.

Matten und der Doktor konnten nicht sehen, was im Gesicht der alten Stine vorging, denn sie saß mit dem Rücken zu ihnen. Doch auf einmal erhob Stine sich.

Ganz langsam, kaum merklich. Die beiden Männer vernahmen ein kaum hörbares "Kind..."

Der Nebel wurde grün, der Duft nach Lilien immer eindringlicher. Schließlich barst der Nebel auseinander und schien sich in Millionen Sterne aufzulösen. Es war so grell, dass Matten und der Doktor die Augen schließen mussten. Als sie sie wieder öffneten, war nur noch der vom Vollmond beschienene Stuhl zu sehen. Die alte Stine lag davor auf dem Erdboden.

Nach einem Moment schieren Terrors sprangen Matten und der Doktor aus ihrem Versteck.

Die alte Stine lag auf dem Rücken, in der Hand hielt sie eine Lilie. Ihre Augen waren geschlossen, doch sie atmete. Matten strich ihr über die Stirn.

"Stine... was habe ich dir nur angetan...? Verzeih mir..."

"Ist schon recht", sagte sie schwach. "Bist ein guter Junge, Matten Hinrichs. Das soll ich dir von Gesche sagen. Alles war ein Unglück. Ein schreckliches Unglück. Niemand hat Schuld. Nun ist alles gut. *Ihr* geht es gut. Sie ist nun erlöst..."

Dann schlief sie erschöpft ein. Die beiden Männer trugen sie nach Hause.

V.

Matten Hinrichs kehrte nicht nach Südamerika zurück. Er blieb in der Heimat und lernte von Diederk Bonhagen die Aufgaben des Fährmanns. Er übernahm den Posten ein Jahr später, als Bonhagen zu seinem Schöpfer heimkehrte.

Stine Dettmann wurde nie wieder völlig die alte. Doch sie erholte sich genug, um wieder Teil der Dorfgemeinschaft zu werden. Sie starb hochbetagt mit einem Lächeln auf den Lippen. Als sie zu Grabe getragen wurde, setzte man sie neben ihrer Tochter bei, deren Grab längst auch geweiht war und nicht mehr auf der Hundeseite des Friedhofs von Bracksand lag.

Die Alarmglocke am Fährsteg von Bracksand war nie wieder am Abend vor St. Dymphna zu hören.

Cäsar

Wie ein Seidenschal um den schlanken Hals einer jungen Frau legt sich eine Schleife des Flüsschens Tründe um das Anwesen Lütjenbothen, das auch dem nahegelegenen Dorf seinen Namen gegeben hat.

Gut Lütjenbothen ist ein landwirtschaftlicher Besitz, der von einem meiner Vorväter auf nur dreihundert Morgen Land errichtet wurde. Durch Landankäufe und Einheiratungen ist es über die Generationen hinweg auf stattliche dreißigtausend Morgen angewachsen. Durch Primogenitur und der Festschreibung dessen in *fidei commissum* ist das Gut vor fremden Händen geschützt, wodurch es auch weiterhin Familienbesitz bleiben wird.

Ich bin der sechste Herr auf Lütjenbothen. Eines Tages wird mein derzeit in Lübeck studierender Sohn meine Nachfolge an den Ufern der Tründe übernehmen.

Von Norden kommend trifft der Fluss an einem alten Gemarkungsstein an die Grenzen des Gutes, beginnt dann gen Osten seinen Weg in einem fast perfekten Halbkreis um den zum Herrenhaus gehörenden privaten Garten, ehe er im Süden an einer weiteren Gemarkung wieder abzweigt, um nach einem mäandernden Weg von gut zehn Kilometern in den Gewässern der Seen um Plön zu münden.

Von der Eingangstür des Herrenhauses führt eine Treppe zunächst auf einen Vorplatz, und dann durch eine kurze Lindenallee zum Torhaus mit der Remise. Davor zweigt ein Weg nach rechts ab, führt an einer der Stallungen und einem Feld vorbei zu jenem nördlichen Gemarkungsstein. Dort verschwindet der Weg in einem Wald, wobei er immer dem Ufer der Tründe folgt. Verlässt man das Gehölz am anderen Gemarkungsstein wieder, ist der Rest des Weges gleichsam das südliche Spiegelbild dessen, was man zu Anfang gesehen hat. Hat man das Herrenhaus schließlich wieder erreicht, liegen gut fünf Kilometer hinter einem.

Ich bin diesen Weg in meinem Leben oft gegangen. Er gehört, um genau zu sein, zu jenen Dingen, mit denen ich von jeher jahrein, jahraus den Tag beginne, bevor mich meine Aufgaben als Herr über das Gut in die Pflicht nehmen. Einige Zeitgenossen mögen es für eintönig halten, doch die Landschaft der Holsteinischen Seenplatte ist niemals eintönig. Jede Jahreszeit hat ihr eigenes Gesicht, und in jedem Jahr gibt es in dieser lebendigen Landschaft Neues zu entdecken. Das strahlende, fast blendende Gelb des Rapses im Mai, das goldene Korn im Sommer, das bunte Herbstlaub und selbst die Kargheit der Winterlandschaft zeigen sich immer in neuen Bildern, die nie so aussehen wie im Jahr davor.

Auch würde ich mein Ritual nicht als eintönig bezeichnen. Es ist vielmehr eine unverrückbare Regelmäßigkeit, die mir hilft, Körper und Geist zu ertüchtigen, um meine verantwortungsvollen Aufgaben sorgsam und gewissenhaft übernehmen zu können.

Vor einigen Wochen war jedoch alles anders. Bis zum

Tag davor hatte stets Cäsar mit mir gemeinsam das Haus verlassen. Zuletzt war Cäsar blind gewesen, doch sein Gehör und seine ausgezeichnete Nase hatten dies nahezu unbemerkbar werden lassen. Doch dann war er taub geworden. Immer häufiger hatte er die Orientierung verloren und sich eines Tages so sehr am Hinterlauf verletzt, dass es Zeit geworden war, ihn für immer gehen zu lassen.

Ich hatte ihm noch einen letzten guten Tag in seinem Leben bereitet, wobei ich ihm die Qualen eines letzten langen Spazierganges auf unserem angestammten Pfad erspart habe. Am Abend hatte ich ihn von eigener Hand mit meinem Jagdgewehr von seinen Leiden erlöst. Im Garten, am Fuß einer mächtigen Eiche, hatte ich ihn mit schwerem Herzen zur letzten Ruhe gebettet.

Und nun, am nächsten Morgen, wollte ich zum ersten Mal ohne Cäsar zu unserem... meinem Rundgang aufbrechen. Doch als ich die große Vordertür des Herrenhauses öffnete und in den morgendlichen Dunst blickte, der die Lindenallee zum Torhaus mit der Remise in geheimnisvolle Schwaden hüllte, war mir der Schritt über die Schwelle unmöglich.

Mit gesenktem Blick schloss ich die Tür und zog mich in die Bibliothek zurück, wo ich mich seufzend in einem der schweren, mit Rosshaar bezogenen Sessel niederließ und an die Jahre mit Cäsar zurückdachte.

Ich hatte ihm ein Leben geschenkt, das ihm beinahe verwehrt geblieben wäre, denn langes Deckhaar galt bei Weimaranern damals als unerwünschter Schönheitsfehler, so dass Welpen mit dieser kleinen Laune der Natur meist sofort getötet wurden. Doch als ich ihn damals beim Züchter entdeckte, gerade von seiner

Mutter getrennt, war in mir rasch die Entscheidung herangewachsen, welchen Hund aus dem Wurf ich mit nach Lütjenbothen nehmen würde.

Ich bin von jeher der Ansicht gewesen, nicht das Aussehen und die Herkunft sollten entscheidend sein, welchen Hund man sich erwählt, sondern die Augen, die beim Hund genauso viel über Charakter und Seele verraten wie beim Menschen. Mit *seinen* mutigen, kraftgeladenen, aber gleichzeitig guten und sanftmütigen Augen hatte mir Cäsar gleich beim allerersten Blick verraten, dass die Entscheidung für ihn die richtige sein würde.

Dreizehn Jahre war er mein treuer Begleiter gewesen, der mich durch helle Tage ebenso begleitete, wie er die dunklen erträglicher machte. Besonders, nachdem meine liebe Frau diese Welt verlassen hatte.

Wie sollten sich nun die Stunden gestalten, die abseits von den so viel Aufmerksamkeit in Anspruch nehmenden Zeiten des Tagewerks lagen? Wie sollten nun die langen Abende am Kamin aussehen - gerade jetzt, wo der Herbst sich eilig näherte und die Dunkelheit immer früher hereinbrach?

Ich fürchte, ich ließ mich ein wenig zu sehr in die Trübsinnigkeit der nun vor mir liegenden Zeit und die Erinnerungen an Vergangenes sinken, denn auf einmal war es mir, als würde ich draußen in der großen Halle das Klappern von Cäsars Pfoten hören.

Ich schüttelte alle trüben Gedanken von mir, doch das vertraute "klack-klack-klack" kehrte wieder. Scheinbar hatte sich ein Fuchs ins Haus verirrt. Doch warum hatte niemand vom Personal etwas mitbekommen?

Ich ging zur Tür und hoffte, keinem tollwütigen Tier

zu begegnen. So etwas kann böse ausgehen.

Als ich in die Halle hinaustrat, war sie allerdings leer, die anderen Türen waren fest verschlossen. Doch auf den Tonfliesen war ganz deutlich der Abdruck feuchter, mit Erde beschmierter Hundepfoten zu sehen - die noch nicht dagewesen waren, als ich vorhin meine Schritte durch die Halle gelenkt hatte. Der Fußboden war von unserem Küchenmädchen makellos geschrubbt worden. Ich hatte es auf dem Weg zum Frühstück selbst gesehen.

Die Spur führte zur großen Haustür. Mir stockte der Atem. Das konnte nicht sein! Dieser frische Abdruck, der zum rechten Hinterlauf gehörte, zeigte genau jene Spur der Verstümmelung, die Cäsar bei der Verletzung davongetragen hatte, wegen derer ich ihn hatte erlösen müssen.

Ich ging in die Knie und sah mir den Abdruck genauer an. Kein Zweifel, das war *Cäsars* Pfotenabdruck. Wie konnte das sein?!

Bevor ich mir weitere Gedanken über diese Entdeckung machen konnte, zog ein Geräusch von draußen meine Aufmerksamkeit auf sich. Ein Kratzen an der Tür.

Ich schnellte in die Höhe. Eiskalt durchfuhr es mich. Ich wagte nicht, die Bruchstücke erschreckender Gedanken in meinem Kopf zu einem Bild zusammenzufügen. Ich legte die Hand auf die Klinke, drückte sie aber nicht herunter. Ich hatte Furcht vor dem, was draußen, jenseits der Schwelle, warten mochte.

Es kratzte noch einmal. Ich schloss die Augen. Das konnte nur eine Einbildung meines durch Trauer getrübten Geistes sein. Ich konnte das leichte Vibrieren in der Tür nicht gespürt haben. Es war einfach nicht möglich.

Es kratzte noch einmal.

Und noch einmal.

Schließlich riss ich die Tür auf. Draußen war keine Sterbensseele zu sehen. Doch was war das da für eine Bewegung da drüben beim dritten Baum auf der linken Seite der Lindenallee?

Ausgerechnet an dem Baum, an dem Cäsar stets zuerst sein Revier markiert hatte.

Nein.

Es konnte nur eine Täuschung gewesen sein. Es *musste* eine Täuschung gewesen sein. Die Herbstnebel, die von der Trunde herüber waberten, hatten von jeher die merkwürdigsten Bilder gezaubert.

Ich wollte mich wieder abwenden und ins Haus zurückgehen, als es geschah. Cäsar stand mitten auf der Allee und blickte mich aus seinen treuen Augen an. Er machte *Sitz*, als würde er auf mich warten.

Mich verließen die Nerven. Ich stürmte die sieben Eingangsstufen hinunter und um das Haus herum zu der Eiche, unter der ich Cäsar selbst beigesetzt hatte. War mir tatsächlich so ein schrecklicher Fehler unterlaufen? Doch als ich ankam, war das Grab unberührt. Es lag noch genau so da, wie ich es gestern nach dem schweren Abschied von Cäsar zurückgelassen hatte.

Auf einmal wurde ich ganz ruhig. Ich hatte eine Ahnung, was mich erwarten würde, wenn ich zur Lindenallee zurückkehrte, und als diese sich bewahrheitete, hatte ich keine Furcht.

Cäsar saß immer noch da. Er hatte auf mich gewartet.

Als ich ihm näherkam, erhob er sich und lief auf das

Torhaus zu, bog jedoch kurz vorher nach Norden ab. Es war demnach genau das, was ich vermutet hatte - noch ein letztes Mal wollte er mit mir gemeinsam den vertrauten Weg gehen. Also folgte ich ihm.

Gemächlichen Trittes lief Cäsar voraus, wobei er tunlichst darauf zu achten schien, dass ich ihm nicht zu nahe kam. Wann immer ich so weit aufgeschlossen hatte, dass ich ihn fast berühren konnte, beschleunigte er seinen Schritt und vergrößerte den Abstand zwischen uns.

Schließlich kamen wir an der nördlichen Gemarkung an, wo die Tründe erstmals die Grenzen von Gut Lütjenbothen berührt. Schwere Herbstregenfälle hatten den Fluss anschwellen lassen. Sonst waren es von der einen Seite zur anderen nur gut zwei Meter, doch nun hatte sich die Entfernung verdoppelt, wenn auch der Fluss nicht über seine Ufer getreten war.

Nun machte Cäsar etwas, das er früher nie getan hatte. Mit einem großen Satz sprang er zum anderen Ufer hinüber. Es gab für mich keine Möglichkeit, ihm zu folgen. Die nächste Brücke lag gut einen Kilometer nördlich nach Dorf Lütjenbothen hin. So blieb mir nichts anderes übrig, als ihm auf meiner Seite des Ufers zu folgen, denn Cäsar setzte seinen Weg fort, als hätte er ein bestimmtes Ziel.

So geschah es auch. Nach einigen Minuten hatte er auf seiner Uferseite ein altes Wehr erreicht, das früher einmal dazu gedient hatte, zu starkes Hochwasser auf eine Spülfläche abzuleiten. Doch seit vor einigen Jahren der Fluss von der südlichen Gemarkung an bis zu seiner Mündung in die Seenplatte verbreitert worden war, hatte es ausgedient.

Hier machte Cäsar wieder *Sitz* und sah mich mit unbewegtem Blick an.

Bisher glaubte ich, verstanden zu haben, was dieser Spaziergang zu bedeuten hatte. Nun war ich ratlos. Cäsar und ich hatten dieses Wehr so oft passiert, doch es hatte nie eine bedeutende Rolle gespielt. Es war einfach dagewesen.

Plötzlich hörte ich über das Rauschen des Wassers hinweg ein schwaches Winseln. Es dauerte eine Weile, bis ich es genauer ausmachen konnte. Es schien aus einer Kerbe in meiner Uferseite zu kommen. Von dort, wo ein unterirdischer Entwässerungskanal des Guts sich mit den Wassern der Trunde vereinte.

Ich neigte meinen Kopf und hörte genauer hin. Da war wirklich das Winseln eines Hundes zu hören. Meine gute Kleidung missachtend, legte ich mich auf den feuchten Boden und robbte, so weit es möglich war, an die Uferkante, die hier recht steil abfiel.

Tatsächlich. Im Dickicht von Ranken und Wurzeln, die hier wild durcheinander wucherten, hatte sich ein noch sehr junger Hund verfangen, der tapfer um sein Leben kämpfte. Er hatte sich im Ast eines herabhängenden Strauches verbissen und paddelte mit allen vier Pfoten aus Leibeskräften.

Ich streckte einen Arm aus und hielt mich mit der Hand des anderen an einer Baumwurzel fest, doch ich konnte den Kleinen nicht erreichen.

Meine Gedanken rasten. Der junge Hund hatte bereits merklich von seiner Kraft eingebüßt und ich fürchtete, er könnte die Wurzel loslassen, wenn er aufgab. Dann würde er seinem sicheren Ende entgegentreiben, denn es wäre für mich unmöglich, den schnell treibenden

Wassern zu folgen und ihn an einer anderen Stelle aus seiner misslichen Lage zu befreien.

Ich hob den Kopf und sah Cäsar, der meinen Blick mit einer inneren Ruhe erwiderte, die mir Vertrauen gab, dass alles gut werden würde.

Mir kam ein Geistesblitz. Ich zog meinen langen Herbstmantel aus, um mir einen Ärmel um das Handgelenk zu knoten. Mir war klar, dass ich nur diesen einen Versuch hatte, der unbedingt gelingen musste, sonst gäbe es keine Rettung mehr.

Noch einmal begegneten sich Cäsars Blick und der meine. Er senkte den Kopf, als wolle er nicken.

Ich legte mich wieder auf den Boden. Meine übrige Kleidung war bereits völlig durchnässt und ich fror höllisch. Doch ich ignorierte es. Langsam ließ ich den Mantel zu dem immer noch tapfer paddelnden Hund sinken. Ich konnte nur hoffen, dass er verstand, was zu tun war.

Beim ersten Mal ließ ich den Mantel zu tief hinab, so dass die wilden Wellen der Trůnde ihn packten und beinahe fortgerissen hätten. Doch der Knoten um mein Handgelenk hielt.

Eilig zog ich den Mantel wieder hoch und senkte ihn erneut. Beruhigend raunte ich dem Hund zu, dass wir es gleich geschafft hätten. Für einen Moment sah er mich nur aus seinen großen Augen an und schien mich nicht zu verstehen. Doch dann öffnete er in einer blitzschnellen Bewegung seine Schnauze, ließ seinen Ast los und senkte seine Zähne mit aller Kraft, die er noch aufbieten konnte, in den Stoff meines Mantels. Sofort zog ich ihn hoch und hielt bald darauf ein erschöpftes, zitterndes Häufchen Fell in meinen Armen.

Mir fehlte zunächst die Kraft, mich zu erheben und die schützende Wärme des Herrenhauses aufzusuchen. Ich saß auf dem feuchten Boden des Uferpfads und lehnte mich mit dem Rücken an einen Baumstamm.

So gut ich es vermochte, schenkte ich dem kleinen Hund etwas von meiner eigenen Wärme. Der Hund war ein Mischling, wohl aus dem Wurf einer Vagabundin. Doch als ich ihm aus nächster Nähe in die gütige, dankbare Tiefe seiner braunen Augen sah, durchfuhr mich dasselbe Gefühl wie damals, als ich Cäsar entdeckt hatte.

Cäsar!

Ich blickte hoch. Cäsar saß immer noch am anderen Ufer und beobachtete mich mit dem jungen Hund in meinen Armen. Wir tauschten einen letzten vertrauten Blick. Ich sah auf das kleine Bündel Fell in meinen Armen. Der kleine Hund war erschöpft eingeschlafen. Als ich wieder hochblickte, war Cäsar verschwunden.

Ich habe ihn danach nie wieder gesehen.

Als ich das Gefühl hatte, genügend Kraft aufbringen zu können, erhob ich mich langsam. Mein Ziel war der Jagdsalon im Herrenhaus, in dessen Kamin ein wärmendes Feuer lodern würde. Natürlich sollte der kleine Hund bei mir ein Zuhause finden. Einige Menschen würden die Nase darüber rümpfen, dass er kein Rassehund war, der nie einen Preis auf einer Zuchtschau gewinnen sollte. Wie bei Cäsar galt jedoch auch bei dem neuen Begleiter in meinem Leben, dass ein guter Blick und ein ebensolches Wesen alles war, was ein Hund haben musste. Dass dem so war, stand völlig außer Zweifel.

Einen Namen hatte ich bereits parat. Ich hatte ihn im

Uferdickicht gefunden, und wo er herkam, konnte man sich nicht einmal ausmalen. Angesichts dieser Umstände konnte er nur Moses heißen.

Der Weg dauerte länger als sonst, denn dieser Vormittag hatte mich zutiefst erschöpft. Währenddessen machte ich mir Gedanken, welcher innere Antrieb mich dazu gebracht hatte zu glauben, Cäsar hätte mich zum alten Wehr und damit zu Moses geführt. Ich hatte mir wohl etwas einreden müssen, um mich dahin zu bringen, meinen morgendlichen Spaziergang auch ohne Cäsar zu gehen. Alles andere war reiner Zufall gewesen.

Endlich erreichte ich die Treppe zum Eingang des Herrenhauses. Bevor ich die Tür ins warme Innere öffnen konnte, hörte ich die Stimme des Hausdieners, der über das Küchenmädchen schimpfte. "Dummerhaftige Deern! Wenn der Herr diese Schweinerei sieht, wird er sofort wieder an den guten Cäsar denken und so niedergeschlagen sein wie gestern Abend. Warum hat sie nur heute morgen nicht vernünftig den Boden gescheuert und die letzten Fußabdrücke von Cäsar aufgewischt?"

Das Nebelschiff

Ah, da bist du ja. Komm rein, komm rein. Ich hätte nicht gedacht, dass du bei so einem Wetter wirklich den Weg hierher auf dich nehmen würdest. Das Haus liegt ja doch ein bisschen abseits.

Gib mir deinen Mantel und Schirm. Danke. Geh doch schon mal in meinen Lesesalon und setz dich. Ich hänge das tropfende Zeug fix in die Küche neben den Kohleofen, damit es schnell trocknet, und dann bringe ich dir einen heißen Tee mit. Mit Zucker? Nein? Aber mit Schuss, oder? Wusste ich es doch.

Was sagst du? Nein, der Strom ist nicht ausgefallen. Ich mag es nur ganz gerne, bei Sturm im Dunkel am Fenster zu sitzen, um das wilde Tosen draußen zu beobachten. Vom Lesezimmer aus kann man wunderbar über die Deichkrone hinweg auf den Fluss hinausschauen. Wenn sich da so ein Pott durch das aufgewühlte Wasser zur Elbmündung kämpft, ist das schon ein ziemliches Spektakel.

So, da bin ich. Du hättest dir ruhig das Licht anmachen können, wenn es dir zu dunkel... Teufel aber auch, hat das gerade geblitzt. Petrus schickt uns da ein bannig großes Feuerwerk!

Ich mag so ein Wetter, wenn am Himmel richtig was los ist. Laut und tobend. Ist mir allemal lieber als eine klare Vollmondnacht oder gar Nebel.

Warum, fragst du?

Vielleicht, weil ich am eigenen Leib erfahren habe, wie hinterhältig Stille sein kann. Es ist schon gediegen - da kommst du nun seit Jahren jeden Freitag zu Besuch, und erst jetzt schießt mir das in den Sinn, dir davon zu erzählen.

Weißt du, wenn ich heute auf eine bestimmte Zeit in meinem Leben zurückblicke, kommt es mir merkwürdig fremd vor. Manchmal frage ich mich, ob ich das wirklich erlebt habe oder ob ich einfach nur mall im Kopf war. Schließlich war ich ziemlich jung, wild - und damit nicht darüber erhaben, die eine oder andere Grenze zu überschreiten. Natürlich trank ich wie jeder andere mal ein Glas zu viel, und in meinen selbstgedrehten Zigaretten steckte nicht immer nur handelsüblicher Tabak. Durch die ganzen Schiffe, die sich Tag für Tag in den Hafen schoben, kam man schon an das ein oder andere Zeug ran. Und wenn nicht, ging man in die chinesischen Kellerspelunken um die Schmuckstraße herum.

Wie bitte? Nein, die angeblichen Tunnel, Geheimgänge und versteckten Türen für Spitzbuben sind wohl nur ein Gerücht. Obwohl ich mich im Amüsierviertel auf St. Pauli verdammt gut auskenne, habe ich davon nie etwas mitbekommen. Aber das mit dem Opium stimmt. Doch wirklich, kannst du mir glauben. Ich habe mir nämlich selber mal was da geholt. Als einfacher Stauer oder Kesselklopfer kam man da normalerweise nicht ran, aber wenn man mal jemandem an den richtigen Stellen einen Gefallen getan hat... Du kannst dir sicher denken, was ich meine.

Ischa auch egal, wenn man solches Zeug nicht bekam, dann hat man sich nach Feierabend, besonders wenn es die Lohntüte gab, gerne mal einen angetüddert, und dann sah man die Dinge nicht mehr ganz so klar. Vielleicht war alles also nur Einbildung... Trotzdem überläuft es mich jedes Mal eiskalt, wenn ich an diese alte Geschichte denke.

Es war an einem Abend im September vor ewigen Zeiten. Ich saß irgendwo an den Landungsbrücken. Einer der Seebäderdampfer war gerade zurückgekehrt. Ob von Sylt, Wangerooge oder Helgoland - ich weiß es nicht mehr.

Die Nacht senkte sich über den Hafen. Von den Seemannskneipen längs der Wasserkante klang Musik rüber. In der einen sang ein Akkordeonspieler Shanties, aus der anderen klang ein Radio. Ein Wirt, der sich das leisten konnte, hatte seinen Laden gut im Griff, das kann ich dir sagen. Und davon gab es allmählich immer mehr. Dass deren Geschäft brummte, hatte damit zu tun, dass viele Seeleute gerade ihre Heuer verloren. Ja, die Werften verdienten gut. Es war ein Wettkampf, jeder wollte der Erste im Rennen sein. Ständig hörten wir von diesem neuen riesigen Dampfer, der gerade in Belfast gebaut wurde und im April des folgenden Jahres zur Jungfernfahrt auslaufen sollte.

Und hier? Immer mehr Reeder stießen nun auch ihre letzten Segler nach und nach ab, um auf Dampfschiffe umzusteigen. Die ersten verkauften sogar schon ihre Raddampfer und ersetzten sie durch Schraubenschiffe, die noch mehr Platz hatten, aber weniger Leute brauchten. Da wollte man wenigstens bei Bier und Köm die gute alte Zeit noch ein bisschen behalten.

Normalerweise war ich hier auch zu finden. Aber an diesem Abend nicht. Ich nuckelte an einer Flasche Bier, die ich mir in einer Trinkhalle auf der Davidstraße gekauft hatte. Es war schon die dritte. Es war ja ein schöner Abend und ich hatte nichts besseres vor.

Tünkram.

Natürlich war es, um mir Mut anzutrinken, denn das, was ich vorhatte, lag ein wenig abseits der Legalität. Ich hätte dafür ein paar Jahre im Kaschott landen können. Aber das war ein Gedanke, den ich rasch verdrängte, wann immer er aufkam.

Nach dieser einen Flasche trank ich noch eine weitere. Schließlich warf ich die alten Flaschen weg und holte mir zwei neue, die ich allerdings in meinem alten Armeerucksack verstaute. Vielleicht musste ich meiner Chuzpe unterwegs noch einmal nachhelfen.

Durch den Elbtunnel wechselte ich auf das andere Ufer des Stroms. Meine Schritte hallten unnatürlich laut von den gekachelten Wänden wider. Es sah alles noch so neu aus, der Tunnel war ja erst vor zwei oder drei Wochen eröffnet worden.

Ich zuckte zusammen, als einer der riesigen Fahrkörbe sich mit rasselnden Ketten in Bewegung setzte. Doch ich erinnerte mich, dass mir jemand erzählt hatte, die Körbe würden nachts noch ein paarmal getestet werden, ehe sie im November für Fuhrwerke und Automobile geöffnet werden sollten.

Als ich den Tunnel am anderen Ende auf Steinwerder wieder verließ, war die Abenddämmerung der Nacht gewichen. Trotzdem war es sehr hell – die Lichter des Hafens trugen einen Teil dazu bei, den Rest erledigte der Vollmond in dieser klaren Sommernacht.

Nach einem mir endlos erscheinenden Fußmarsch hatte ich mein Ziel am Ufer eines der Nebenkanäle von Steinwerder erreicht. Ich hatte einige Mühe, zu dem Loch im Zaun zu gelangen, von dem mein Freund Jonni Cohrs mir erzählt hatte, der sich im Hafen auskannte wie kaum ein anderer. Doch schließlich fand ich es. Ich zitterte, denn so kurz vor dem Ziel hatte ich auf einmal doch ziemlichen Schiss.

Sollte ich noch ein Bier trinken? Besser nicht. Ich brauchte alle meine Sinne beisammen.

Die Werft war verwaist. Der sonst hier frei herumlaufende Wachhund war wegen des Lochs im Zaun ausnahmsweise in seinem Zwinger eingesperrt. Morgen sollte das Loch geflickt werden, ich hatte also nur diese eine Nacht.

Natürlich schlug die Töle sofort an, als sie mich hörte. Sie beruhigte sich aber, als ich die zehn mitgebrachten Würste über den mannshohen Zaun warf. Mit gutem Zureden würde man ein solches Tier kaum begööschen können. Zur Vorsicht hatte ich Morphium in das Fleisch gespritzt. Wie gut, wenn man auf St. Pauli jemanden kannte, der einem sowas ohne dumme Nachfragen besorgen konnte.

Vorsichtshalber wartete ich eine Viertelstunde im Schutz eines Schuppens. Als ich meinte, das Geräusch hastigen Schlingens sei einem zufriedenen Schnarchen gewichen, wagte ich mich aus der Deckung. Ich war gerade einen Schritt ins Mondlicht getreten, als furchtbarer Radau losbrach - ein fieses Flattern gemischt mit hysterischem Kreischen. Ich strauchelte und lag gleich darauf auf der Nase. Für einen Moment dachte ich an Fledermäuse, doch es war nur eine Herde Wildgänse, die sich hier zum Schlafen niedergelassen hatte. Keine Ahnung, warum die nicht irgendwo nahe der Alster waren. Vielleicht vertrugen sie sich nicht mit den Schwänen dort, ich kenne mich damit nicht so aus.

Laut schnatternd räumten die Viecher das Feld. Ich blieb noch ein wenig liegen und hielt meine Brust auf dem Boden.

Ich war sicher, dass mein Herz laut genug schlug, um diesen verdammten Köter zu wecken. Doch es blieb alles mucksmäuschenstill. Lebte das Vieh überhaupt noch? Hoffentlich hatte ich nicht zuviel von dem Schlafmittel genommen - umbringen wollte ich ihn schließlich auch nicht.

Ich setzte mich hin und griff in den Rucksack. Gott sei Dank, die beiden Bierflaschen waren heil geblieben. Eine zog ich heraus und leerte sie auf ex. Als ich die Wirkung des Alkohols spürte, nahm ich endlich all meinen Mut zusammen und schlug mich zu der kleinen Pier durch. Zwei Schiffe waren hier vertäut. Der Fischkutter interessierte mich nicht. Mein Objekt der Begierde lag daneben. Nur schemenhaft konnte ich die *Malwine* erkennen, denn am Himmel aufziehende Wolken und frischer Wind hatten die Temperaturen sinken lassen, so dass leichter Nebel aus dem Brackwasser aufstieg. Die Schleier legten sich schmeichelnd auf das Schiff, wodurch es überhaupt nicht so alt wirkte, wie Jonni Cohrs es mir gesagt hatte. Der weiße Anstrich der Decksaufbauten glänzte. Warum hieß es immer, der Kahn sei bei seiner langen Aufliegezeit ohne Fahrdienst allmählich verrottet? Es sah alles wie neu aus.

Irgendwo heulte ein Schiffshorn auf, was mich nach

den Gänsen jedoch nicht mehr beeindrucken konnte. Es gehörte ja auch zu den ganz normalen Geräuschen des Hafens. Irgendwo wurden gerade Leinen eingeholt und ein Schiff ging auf große Fahrt. Kein Grund zur Beunruhigung.

Über das schmale Fallreep ging ich an Bord. Kaum hatte ich den Fuß an Deck gesetzt, holte ich scharf Luft.

So etwas hatte ich nicht erwartet.

Warum sollte dieses wunderschöne Schiff in ein paar Tagen auf seine allerletzte Reise gehen? Die Decksplanken aus Teakholz sahen aus wie neu verlegt.

Ich ging in den Salon für die Fahrgäste. Auch hier glänzte alles, als wäre das Schiff gerade erst von der Bauwerft abgeliefert worden. Edles Leder auf den Sitzpolstern der ersten Klasse, immerhin noch Samt auf denen der zweiten, Mahagoni an den Wänden, überall blinkendes Messing. Die Reederei der *Malwine* musste in ziemlichen Schwierigkeiten stecken, wenn sie für dieses schwimmende Denkmal das Geld einer Abwrackwerft meinte annehmen zu müssen. Oder hatte Jonni etwas ganz anderes gemeint, als er von der letzten Reise gesprochen hatte? Vom Abwracken war ja nie die Rede gewesen. Hatte es einen neuen Käufer im Ausland gefunden und sollte nur nicht mehr auf der Elbe fahren?

Vielleicht sollte das Schiff auch einfach nur nicht in seinem Zielhafen ankommen. Denn für die nächsten Tage waren ein paar schwere Stürme als erste Herbstvorboten angesagt...

Wie hoch das Schiff wohl versichert war?

Ich schüttelte weitere Gedanken ab. Der Alkohol

wirkte immer noch und hatte mich träge gemacht. Wenn ich nicht bald das erledigte, was mich hergebracht hatte, würde der Morgen anbrechen und eine Menge Ärger mit sich bringen.

Der Nebel draußen war dichter geworden, doch der Vollmond schien heute besonders stark, und als ich die Brücke der *Malwine* betrat, staunte ich, wie sehr alles intakt war.

Wie von einem Bühnenscheinwerfer im Theater wurde die Schiffsuhr angestrahlt. Auch hier zeigte sich keine Spur von Verfall, die gerechtfertigt hätte, das Schiff zu verschrotten. Das Glas war unversehrt, das Gehäuse frisch poliert wie alles andere auf der Brücke. Das Holz an den Wänden glänzte und roch nach frischer Beize, frischem Lack.

Ich setzte den Rucksack auf dem Boden ab und bückte mich, um einen Schraubendreher herauszuholen. Als ich mich wieder aufrichtete, war mir ein wenig schwindelig. Ich hatte mir wohl doch etwas zuviel Bier genehmigt.

Ich begann damit, die Wandverschraubung der Uhr zu lösen. Morgen würde ich sie dann meinem Großvater bringen, für den die *Malwine* das schönste Schiff auf der Elbe gewesen war. Er hatte sich so sehr ein Souvenir gewünscht, als er in der Zeitung von dem Verkauf gelesen hatte. Natürlich durfte er nie erfahren, wie ich die Uhr bekommen hatte. Aber mir würde schon eine passende Geschichte einfallen.

Nach ein paar Handgriffen hatte ich alle Schrauben gelöst, die Uhr hing nur noch an einem Haken. Ich nahm sie vorsichtig herunter und betrachtete das gute Stück ehrfürchtig. Wie neu.

"Hängen Sie sie bitte zurück."

Ich kann gar nicht beschreiben, was in mir vorging. Wurde mir zuerst kalt oder heiß? Erstarrte ich oder zuckte ich zusammen? Keine Ahnung. Vielleicht geschah sogar alles gleichzeitig. Auf jeden Fall musste ich aufpassen, die Uhr nicht fallen zu lassen.

Schietkrom, dösigen, dachte ich und sah vor meinem inneren Auge schon, wie man mich in der Grünen Minna abtransportierte.

Doch die Stimme, die aus dem Nichts gekommen war, sagte nur noch einmal "Bitte, junger Mann, sein Sie so lieb." Da war keine Aggression zu hören, sondern fast schon Liebenswürdigkeit. Das machte es nur noch unheimlicher.

"J-ja, n-natürlich", stammelte ich, hängte die Uhr auf den Haken zurück und schraubte sie wieder fest. Meine Hände zitterten so sehr, dass ich die letzte Schraube zweimal fallen ließ, doch irgendwann hing die Uhr wieder fest an der Wand. Ich legte den Schraubendreher auf ein kleines Bord an der Säule des Maschinentelegraphen, dessen Griffe so unberührt glänzten, als hätte noch nie jemand den Hebel auf *Volle Fahrt* umgelegt.

"Ich danke Ihnen."

Erst jetzt wagte ich, mich umzudrehen. In der Tür zur Brückennock der Backbordseite stand eine ganz in schwarz gekleidete Frau. Ich konnte nicht ausmachen, ob sie jung oder alt war, denn ihr Gesicht war vom Schatten eines Balkens zwischen zwei Fenstern verborgen. Zudem trieb aufkommender Wind einige Nebelfetzen auf die Brücke.

Die Frau war nicht sehr hochgewachsen, doch ihre

aufrechte Körperhaltung war würdig, stolz und elegant. "Ich danke Ihnen von ganzem Herzen", sagte sie noch einmal. Ihre Stimme klang kultiviert. "Die *Malwine* fährt ohnehin unter einem schlechten Stern, weil mein Vater August Lafrenz nicht auf mich hören wollte."

Sie trat aus dem Schatten, und ich konnte das Gesicht einer unheimlich hübschen jungen Frau von höchstens zwanzig ausmachen. Sie sprach weiter: "*Aber Vater*, sagte ich zu ihm. *Du weißt doch, was man sich über ungetaufte Schiffe erzählt*. Doch er lachte nur und sagte: *Lass gut sein, Kind, das ist nur Geschwätz von Fischweibern*. Aber manchmal haben auch wir Töchter recht, finden Sie nicht?"

Ich hatte keine Ahnung, wer August Lafrenz war, hielt es aber für ratsam, ihr vorbehaltlos zuzustimmen. Vielleicht konnte ich mich irgendwie aus meiner misslichen Lage rausreden. Also nickte ich und gab ein bestätigendes "Hm-hm" von mir.

Doch sie hörte mir gar nicht zu. "Es wäre nicht gut, wenn sie ohne komplette Ausrüstung ablegen würde. Das kann einem Schiff und seiner Besatzung zum Verhängnis werden. Viele tapfere Männer sind auf See geblieben, weil ihr Schiff nicht richtig seetüchtig war. Und nicht getauft."

Ihre Stimme war immer vager und entrückter geworden. Sie blickte auf das Vorschiff hinaus, als würde sie an einen bestimmten Menschen denken, der auf See geblieben war.

Ich fragte mich, ob sie ganz richtig im Oberstübchen war. Was wollte eine Frau wie sie mitten in der Nacht im Hafen? Bildete sie sich ernsthaft ein, mit solchem dummerhaftigen Schnack einen Dieb aufzuhalten? Denn das war ich nun einmal, machen wir uns nichts vor. Dazu war ich nicht gerade klein, schwach und unsportlich. Ich hätte dieses Persönchen unangespitzt in den Boden rammen können, wenn ich gewollt hätte. Das wollte ich ihr aber auch nicht zeigen – Verrückte sollten doch übermenschliche Kräfte entwickeln können, wenn sie in Rage geraten. Hatte ich zumindest gehört. Also doch lieber die Tour, ihr nach dem Mund zu reden.

"Ja, Sie haben recht. Ein Schiff muss seetüchtig auf große Fahrt gehen. Sonst kann es ein Unglück geben."

Donnerschlag, war dieses heisere Krächzen wirklich *meine* Stimme gewesen?

"Ich wusste, dass Sie mich verstehen würden. Ich wünschte, ich könnte mich Ihnen erkenntlich zeigen, doch..."

PENG!

Ich wirbelte herum, die Fäuste gehoben, um mich notfalls gegen den Kumpanen der Frau zu verteidigen, der sich von hinten angeschlichen haben musste, während sie mich abgelenkt hatte. So ein vigielisches kleines Miststück.

Doch hinter mir war nichts außer dem Nebel, der auch durch die offene Tür an Steuerbord gedrückt wurde. Der Knall war von meinem Schraubendreher gekommen, der von dem Bord am Maschinentelegrafen gerollt und zu Boden gefallen war.

"Bitte entschuldigen Sie", sagte ich. Ich hob das Werkzeug auf und drehte mich wieder zu ihr um. "Ich wollte Sie nicht erschre..."

Sie war fort.

Ich blickte mich auf der schäbigen, nach modrigem Holz riechenden Brücke mit den geborstenen Fenstern und der Uhr mit dem stumpfen, milchig gewordenen Glas um. Da war niemand außer mir - und dem Vollmond, der eine sternenklare Nacht fast taghell machte.

Ich sah zu, dass ich schleunigst nach Hause kam. Von nächtlichen Abenteuern hatte ich die Nase gestrichen voll. Musste mein Großvater halt ohne so ein verdammtes Souvenir auskommen.

Denn natürlich hatte ich die Uhr an Bord gelassen. Jonni Cohrs wollte sie mir am Ende des nächsten Tages in die Hand drücken, als wir in unserer Stammkneipe saßen. Irgendwie war es ihm gelungen, das stumpfe Ding mit den verrosteten Schrauben in dem Getümmel zu entwenden, kurz bevor der Schlepper die *Malwine* auf den Haken genommen hatte. Ich lehnte ab.

Ob er sie bei wem anders losgeworden ist, weiß ich nicht. Vielleicht hat er sie auch selber als Souvenir behalten. Wenn ja, hat er nicht lange etwas von ihr gehabt. Zwei Wochen später ist er bei einem Unfall auf seiner Werft ums Leben gekommen.

Ich habe versucht, diese Nacht schnell zu vergessen. Doch dann stand dieser Artikel in der Zeitung. Warte mal. Ich muss ihn hier irgendwo in der Schublade haben. Ah, hier ist er. Hör mal zu:

ELBDAMPFER SINKT IM STURM!

Während der Überführungsfahrt von Hamburg zum Abwracker nach Esbjerg sank gestern auf Höhe von Hallig Hooge der Ausflugsdampfer Malwine, *nachdem während eines Sturms die Leine zum Schlepper* Hartmut *gerissen war. Personen kamen nicht zu Schaden.*

Wie unsere Fotos vom Tag vor der Abreise zeigen, war das Schiff aus dem Jahr 1901 in einem desolaten Zustand, so dass dem letzten Reeder keine andere Wahl blieb, als den Verkauf an die Abwrackwerft einzuleiten. Neben dem üblichen Verfall eines nicht genutzten Schiffes hatte auch Vandalismus seine Spuren hinterlassen. Zahlreiche Versuche, eine Instandsetzung durchzuführen, sind in den vergangenen Jahren gescheitert, weil die beauftragten Werften immer wieder schon kurz nach Beginn der Arbeiten aus unerklärlichen Gründen abgesprungen waren.

Zu ihren besten Zeiten, zwei kurze Jahre nach Ablieferung, war die Malwine *ein beliebtes Ausflugsschiff auf der Unterelbe zwischen Hamburg und Cuxhaven. Dennoch haftete ihr der Ruf eines Unglücksschiffs an, da zahlreiche Maschinenausfälle und Manöverfehler zu mehr als einer Havarie führten. Unter Seeleuten vom alten Schlag kursierte auch das Wort* verflucht. *Der Reeder August Lafrenz hatte das Schiff 1901 früher als geplant in Dienst gestellt, da er hoffte, dieses Schiff bei der Vergabe einer prestigeträchtigen Seebäderverbindung nach Sylt als Pfund in die Waagschale werfen zu können. Trotz aller Warnungen ließ Lafrenz die Festivitäten zur Indienststellung absagen, so dass die* Malwine *ungetauft zu ihrer Jungfernfahrt aufbrach, was bekanntlich Unglück bringt. Genau ein Jahr nach dem vorgesehenen Tauftermin verstarb Lafrenz' Tochter Malwine, nach der das Schiff benannt war, an Bord auf einer Ausflugsfahrt im Alter von nur neunzehn Jahren an einem unerwarteten Herzschlag. Die Flasche Champagner, die Malwine Lafrenz werfen sollte, zerschellte niemals am Bug des Schiffes. Diese Flasche, die einzige ihres Jahrgangs, da bis auf sie die gesamte Lese des Jahres 1900 ihres Anbaugutes Lac du Bonheur bei einem Feuer vernichtet wurde, gab man Malwine Lafrenz auf eigenen letzten Wunsch mit ins Grab."*

Ich weiß, was du jetzt sagen willst. Du hast beim Bier mitgezählt und willst mir verklaren, dass ich in der Nacht ziemlich angetüddert war, richtig? Habe ich mir gedacht. Wahrscheinlich hast du sogar recht. Aber du erinnerst dich, dass noch eine volle Flasche in meinem Rucksack übrig war, oder? Nun, die habe ich wieder mitgenommen. Und sie war *voll*. Ich habe ihr Gewicht während des ganzen Wegs gespürt. Zuhause habe ich sie dann ausgepackt. Guck mal in das Regal da drüben. Da steht sie. Neben dem Foto von meinem Großvater. Doch, doch das ist sie wirklich. Die einzige Flasche, die noch in meinem Rucksack war, als ich in jener Nacht nach Hause gekommen bin. Eine Flasche Champagner *Lac du Bonheur* von 1900.

Sommereis

"Du und deine albernen Narreteien!"

Mit Wucht ließ Adolph Godenschwager seine schwere Faust auf den Mahagonitisch donnern.

"Obendrein auch noch Pferdewetten! Was weißt du denn von Pferden? Du hast es ja nicht mal im Ruderclub zu etwas gebracht, obwohl sich, weiß Gott, alle dort Mühe gegeben haben, etwas aus dir zu machen! Überhaupt hast du alle enttäuscht, die sich je mit dir abgegeben haben."

"Adolph, bitte..."

"Nein, Lonny, es reicht. Ein für allemal. Diesmal ist er zu weit gegangen. Wechselschulden! Wegen Pferden! Auf den Namen unseres Kontors! Bete, dass unsere Bark *Pelikan* wie erwartet in drei Tagen die Elbe hinaufsegelt. Du hast gehört, wie die Frühjahrsstürme den Schiffen im Ärmelkanal dieser Tage zu schaffen machen. Wenn die Ladung Kopra für *Thode und Consorten* nicht pünktlich in drei Tagen am Afrikaquai angelandet wird, kürzt Amandus Thode nicht nur die Frachtrate, wir müssen auch eine Vertragsstrafe zahlen. Unmöglich, dann den Wechsel zu bedienen. Weißt du, welche Folgen das für uns haben kann? Dann sind wir ruiniert, zählen nichts mehr hier in Hamburg! Wegen *ihm*!"

Eleonore Godenschwager tupfte sich die vom Weinen

geröteten Augen. Ihr war bewusst, dass jeder weitere Einwand sinnlos war. Diese letzte Kapriole war in der Tat eine zuviel gewesen und ihr Ausmaß zu groß. Selbst wenn die Verbindlichkeiten rechtzeitig eingelöst wurden, war der gesellschaftliche Schaden schon dabei, sich in der Stadt auszubreiten. Nur auf eine Art und Weise konnte ihm noch Einhalt geboten werden. Eleonore wollte es nicht, aber es blieb keine andere Wahl. Weinend verbarg sie das Gesicht in ihren Händen. Selbst Adolph Godenschwager wurde es schwer ums Herz, als er mit mühsam am Brechen gehinderter Stimme das Urteil sprach.

* * *

Meta Sötje schlief schlecht. Doch es lag nicht an ihrem Rücken. Dass ihr Körper sich unter Jahrzehnten harter Arbeit gekrümmt hatte und keinen Tag, keine Nacht mehr ohne Schmerzen kannte, daran hatte sie sich ebenso gewöhnt wie an ihre grauen Haare. Es lag auch nicht daran, dass es durch alle Ritzen und Spalten ihrer schäbigen kleinen Wohnung im Gängeviertel um den Brauerknechtsgraben zog als gäbe es überhaupt keine Fenster und Türen. Eine ihrer gnädigen Frauen in den Häusern, in denen sie zum Waschen ein und aus ging, hatte ihr zum letzten Weihnachtsfest ein herrliches Daunenoberbett geschenkt, als Anerkennung für fünfzig treue Jahre ohne Fehl und Tadel im Dienst der Familie. Das hielt auch in der kältesten Winternacht mollig warm.

Dieser Schatz ließ sie manchmal vergessen, dass sie die Häuser der feinen Herrschaften durch den Hintereingang betrat und dort nur in den nackten vier Wänden der Waschküche geduldet war. Das Geschenk der gnädigen Frau brachte ihr den Geruch von Seifenlauge und Sauberkeit in die Sinne, aber auch den Duft der warmen Mahlzeit, die sie bekam. Kurz vor dem Einschlafen dachte sie dann oft nicht mehr daran, dass in ihrem eigenen feuchten, muffigen Vorratsschrank nur Brot lag, das schon nach einem Tag zu schimmeln begann, und das Wasser draußen im Fleet unter ihrem Fenster Gosse und Brunnen zugleich war.

In dieser milden Nacht im März fror Meta trotz der wärmenden Daunen ganz entsetzlich. Sie spürte die Kälte der unruhigen Träume, die ihren Schlaf plagten. Sie sah Schnee. Sie meinte, ihn sogar spüren zu können, wie er ihr in dichtem Treiben ins Gesicht schlug. Sie hörte Stimmen. Sie sprachen - nein, riefen in einer fremden Sprache, die Meta nicht verstand, nicht kannte. Doch sie hörte an der Aufregung in jedem Wort, dass irgendwo Gefahr lauerte. Gefahr für jemanden, den sie kannte. Sie wusste nur nicht, für wen. Sie wusste nur, dass es kein Entrinnen gab... kein Entrinnen gegeben hatte. Denn es war längst zu spät.

* * *

Fröstelnd schlug er den Mantelkragen hoch. Verdammt, wo blieb nur die Kutsche? Wenn es denn so sein musste, dann sollte es wenigstens rasch gehen.

Noch nie hatte er so sehr das Gefühl gehabt, den falschen Vornamen zu tragen, wie jetzt. *Der Glückliche* bedeutete er auf Latein.

Gewiss, bislang hatte er eigentlich immer Glück gehabt. Er war ein wilder Junge gewesen. Bei all dem Unfug, den er angestellt hatte, kam es ihm selbst wie ein Wunder vor, dass er immer unbeschadet davongekommen war.

Nun hatte ihn sein Glück verlassen. Dabei hatte er fest daran geglaubt, einen Weg gefunden zu haben, um rasch genügend eigenes Geld zu haben, mit dem er um die Hand seiner Angebeteten anhalten konnte. Es war gehörig schiefgegangen. Aus der Traum.

Felix Godenschwager war auf dem Weg in die Kolonien. Wie jedes schwarze Schaf, das finanziellen und vor allem gesellschaftlichen Schaden über die Familie gebracht hatte, musste er Hamburg verlassen, um Gras über die Sache wachsen zu lassen. Und um sich in weiter Ferne einen neuen guten Ruf aufzubauen, mit dem er irgendwann zurückkehren konnte.

Zur Erleichterung aller war die *Pelikan* pünktlich in Hamburg eingetroffen. Das Geschäft war diskret abgewickelt worden, den Wechsel hatte man ebenso diskret bei den Gläubigern bedient und der peinliche Aufruhr hatte sich zumindest in der Geschäftswelt nicht ausgebreitet. Danach hatte Adolph Godenschwager mit Amandus Thode ein Arrangement getroffen, um Felix wieder auf den rechten Weg zu bringen.

Denn der Klatsch unter den Oberen der Gesellschaft indes war nicht ganz verstummt. Folglich musste Felix fort, und das so schnell wie möglich. Die Kutsche zum Hafen war der letzte Luxus, den sein Vater ihm zugestanden hatte. In seinem Seesack trug er alte Kleidung vom Sohn der Köchin bei sich, der schon vor Jahren ausgewandert war. Am Hafen sollte er sich umziehen, kurz bevor er an Bord ging.

Felix war jetzt neunzehn Jahre alt. Vor seinem fünfundzwanzigsten Geburtstag würde er den vertrauten Anblick des geschäftigen Hin und Her von Schuten, Dampffährbooten und Segelschiffen auf den Wellen der Alster nicht mehr zu Gesicht bekommen. Aus war es mit dem Verkehren in den besten Kreisen, den angenehmen Flirts in den Alstercafés mit eigenem Bootsanleger, den Abendessen in den Hotels am Jungfernstieg und den Tanzvergnügen in den Concerthäusern.

Schon auf dem Schiff, ausgerechnet der *Pelikan,* die heute mit neuer Ladung auslaufen sollte, würde er nicht mehr der "Sohn vom Alten" sein, sondern unter dem falschen Namen Martin Dittmer als gewöhnlicher Seemann leben und mit anfassen müssen. In Deutsch-Ostafrika wartete das harte Brot eines Arbeiters auf der Thodeschen Kokosplantage bei Nyamsambe im Norden der Kolonie auf ihn. Der Agent von *Thode und Consorten* vor Ort würde regelmäßig über seine Fortschritte nach Hause berichten, bis Adolph Godenschwager vielleicht eines Tages entschied, dass Felix sich genug bewährt hatte, um heimkehren und Aufgaben im Kontor übernehmen zu dürfen.

Das Geräusch von Pferdehufen, begleitet vom Rumpeln der Kutschräder auf dem Kopfsteinpflaster der vornehmen Straße am Alsterufer kündigte ihm an, dass seine letzten Minuten als sorgenfreier Sohn aus wohlhabendem Haus endgültig begonnen hatten.

* * *

Eleonore legte das Buch aus der Hand. Gewiss war Fontane mit seinem neuen Roman ein Meisterstück gelungen, doch die Geschichte ging ihr zu sehr an die Nerven. Die Verbissenheit, mit der dieser von Instetten an seinen Vorstellungen von Ehre hing, zeigte ihr noch deutlicher, wie sehr sie mit der Entscheidung ihres eigenen Mannes haderte. Überall in der Stadt hatte sich der Geist der Aufklärung breitgemacht, man sah Dinge anders, liberaler. Da musste es doch auch möglich sein, dass man einen ungestümen jungen Mann für seine Fehler geradestehen ließ, ohne ihn gleich auf Jahre fort von Heim und Familie zu verbannen. Vier Wochen war Felix nun schon außer Haus. Es schmerzte sie immer noch, als wäre es erst gestern gewesen.

"Ach, herrje!"

Die Uhr hatte geschlagen. Eleonore hatte über ihren Gedanken die Zeit vergessen. Der Waschtag war vorüber. Sie musste hinunter in den Gesindetrakt, um den Frauen, die allwöchentlich dafür ins Haus kamen, ihren Lohn zu zahlen.

Fünf Waschfrauen mühten sich mit dem großen Wäscheverbrauch im Hause Godenschwager ab. Die eine rührte ohne Unterlass in dem großen holzgefeuerten Waschkessel, eine zog die Wäsche durch klares Wasser, zwei wrangen sie aus und die fünfte hängte die Wäsche zum Trocknen auf. Seit den frühen Morgenstunden war man zugange, damit alles bis zum Abend trocken war. Morgen kamen die Bügelfrauen.

Die meiste Zeit waren die Frauen alleine, sie hatten ihre Zuverlässigkeit über viele Jahre bewiesen. Erst kurz vor Schluss, wenn die gnädige Frau mit dem Lohn erwartet wurde, kam auch die Hausdame hinzu. Sie war auch jetzt bereits da, als Eleonore Godenschwager eintrat. "Bitte verzeihen Sie, gnädige Frau, heute hat es etwas länger gedauert. Der lange Bleuel war gebrochen und wir mussten erst noch das Küchenmädchen für einen neuen zum Kolonialwarenhändler schicken."

"Aber das macht doch nichts, Frau Heitmann. So haben wir noch etwas Zeit, ein paar Worte zu wechseln."

Eleonore widmete sich jeder der Waschfrauen für ein kurzes Gespräch, ohne diese bei ihrer Arbeit zu stören. Sie war überall geschätzt dafür, dass sie für jeden Menschen ein freundliches Wort übrig hatte. "Nun, Emma, haben Sie schon wieder etwas von Ihrer Tochter in England gehört?"

"Ach, wie freundlich, dass Sie nachfragen, gnädige Frau! Meiner Rieke geht es gut. Sie hat es mit ihrem Posten gut getroffen. Die Herrschaften in *Zanterburi* haben ihr ein wunderschönes Dachzimmer mit Aussicht auf die große alte Kirche gegeben, und das Essen soll wundervoll sein. Gar nicht so schrecklich, wie man immer von den Engländern sagt. Nur dieses *Pohritsch* mag sie nicht. Die Herrschaften sind auch sehr gut zu ihr. Im letzten Brief hat Rieke geschrieben: *Fast so gutherzig wie die gnädige Frau Godenschwager ist unsere Missus...*"

Ein lauter Knall unterbrach Emma. Eine der Waschfrauen hatte den eisernen Deckel des Waschkessels fallengelassen. Sie war kreidebleich und zitterte.

"Aber Meta!" Eleonore war besorgt. "Was ist denn?"

"Das Wort habe ich schon mal gehört!"

"Welches meinen Sie?"

"*Missus*! Es hatte mit Tod zu tun. Jemand stirbt!"

"Scht, Meta!" fiel die Hausdame ihr ins Wort. "Den Unfug, den man sich bei euch gegenseitig auftischt, wollen wir hier nicht hören."

"Kein Gerede! Ich weiß es, ich hab' es gesehen!"

"Nun ist es aber genug!" Frau Heitmann nahm Eleonore beiseite und senkte vertraulich die Stimme. "Die alte Meta wird langsam bannig wunderlich. Ich fürchte, wir werden ihr bald sagen müssen, dass sie nicht mehr kommen soll."

"Aber ihre Arbeit macht sie doch?" fragte Eleonore erstaunt.

"Da haben Sie wohl recht, gnädige Frau. Fleißig ist sie, das kann man nicht anders sagen. Mehr als die vier anderen. Und für ihr Alter noch sehr kräftig beim Wringen und Mangeln."

"Dann sehe ich keinen Grund, warum wir ihr das Einkommen von uns wegnehmen sollen. Wir haben schließlich alle unsere Tage, an denen wir törichte Dinge sagen. Und auch bei uns wird es im Alter mehr davon geben. Ich möchte also nichts mehr davon hören, dass Sie die alte Meta fortschicken wollen."

"Sehr wohl, gnädige Frau."

Eleonore zitterte immer noch, als sie die Waschküche nach Auszahlung des Wochenlohns wieder verließ.

* * *

"Nun sieh mal einer an!" Der Vormann nahm ihm den Hammer weg und griff nach seinen Händen, die er nach oben drehte. "So langsam wird aus unserem reichen Bürschchen doch ein echter Kerl. Endlich hat er Schwielen an den Fingern!"

Die Männer lachten, und Felix fiel mit ein. Die Kameradschaft war gut, man hielt zusammen, ein jeder stand für den anderen ein. Ihre Sprache hatte er in wenigen

Wochen gelernt. Im war gar nichts anderes übrig geblieben. Nur daran, dass er das R anders rollte als sie, hörte man, dass er der einzige Ausländer in der fast fünfzig Mann starken Rotte war.

Die Arbeit war hart, aber gut bezahlt, und die Männer wurden bestens mit Essen und Trinken versorgt. Die Temperaturen waren gut auszuhalten, weil es hier ohnehin nie so heiß wurde wie an der Südküste, und selbst dort war es mitten im Juli gut auszuhalten, hatte er gehört.

Felix war froh, die Arbeit angenommen zu haben. Auf dem Anschlag am Hafen hatte gestanden, dass alle, die sich besonders gut bewährt hatten, am Ende ein Empfehlungsschreiben bekommen würden. Das war für ihn Ansporn genug, sich durchzubeißen und am Ende mit einem besseren Zeugnis für seinen Charakter nach Hamburg zurückzukehren, als Felix selbst und vor allem sein Vater je zu hoffen gewagt hatte.

**

An einem freundlichen Sommertag blieben die Vorhänge eines Fensters im Obergeschoss einer schneeweißen Villa am Alsterufer geschlossen. Im ganzen Haus wurde im Flüsterton gesprochen, das Personal bewegte sich nur auf Zehenspitzen. Die gnädige Frau durfte nicht aufgeregt werden. Der Hausarzt Dr. Ingersen hatte ihr Baldrian verschrieben. Von stärkeren Mitteln hielt er nichts.

"Diese Drogen halten sie nur in einem Dämmerzustand, der ihr kein bisschen weiterhilft. Um so schlimmer würde es sie treffen, wenn ich die Behandlung einstellen muss, bevor sie süchtig wird. Baldrian beruhigt sie und hilft ihr, die bitteren Gedanken zu ordnen. Aber ich glaube, Sie, Godenschwager, könnten etwas Kräftigendes gebrauchen, damit Sie Ihre Pflichten im Kontor erfüllen können. Ich hätte da ein Tonikum für Sie."

Doch Adolph Godenschwager, nur noch ein Schatten seiner selbst, lehnte ab. "Danke, werter Ingersen, aber ich möchte mir trotz dieser schweren Stunden einen klaren Kopf bewahren. Ich bin mir sicher, dass Sie sich prächtig auf Ihre Heilkunst verstehen, doch so ganz traue ich Ihren Pülverchen, Pillen und Säftchen dennoch nicht über den Weg."

"Ganz wie Sie wollen, Godenschwager, ganz wie Sie wollen." Der Arzt erhob sich aus dem Besuchersessel in Godenschwagers Arbeitszimmer. "Ich muss langsam in meine Praxis zurück. Aber zögern Sie nicht, es mich wissen zu lassen, wenn ich noch etwas für Sie oder Ihre Frau tun kann. Sie können jederzeit nach mir schicken, Tag und Nacht."

"Gut zu wissen, Ingersen. Ich werde darauf zurückkommen, wenn es nötig ist. "

"Bestens, bestens. Und noch einmal mein aufrichtiges Beileid zu ihrem schmerzlichen Verlust. Eine Falschmeldung kommt wohl nicht in Frage?"

"Ausgeschlossen. Die Behörden dort unten haben einwandfrei bestätigt, dass unser Schiff in einem plötzlich aufgekommenen Sturm nur zehn Meilen vor der Hafeneinfahrt von Dar-es-Salâm gesunken ist. Das einzige, was man gefunden hat, war ein leeres Beiboot. In dem Kabel von Thodes Agent stand, dass man zwar Schiffbrüchige von einem anderen Dampfer gerettet hat, doch dieser ist nur vor den Randausläufern erwischt worden. Die *Pelikan* hingegen ist mitten in das Auge des Sturms hinein gesegelt. Letzte Sicherheit werden wir wohl erst in einigen Wochen haben, wenn man uns das Logbuch und die Mannschaftsliste geschickt hat, die man in Wachstuch eingeschlagen in einer Kiste des Beiboots gefunden hat. Doch letzten Endes ist das nicht mehr nötig. Unser Felix ist auf See geblieben."

* * *

Inzwischen kam der Traum fast jede Nacht. Jedesmal war er deutlicher geworden. Meta spürte die Kälte stärker, spürte den Schnee feuchter, sie hörte die Rufe der suchenden Männer immer klarer. Sie spürte aber auch den verlöschenden Lebensfunken in einem Menschen, dessen anfangs wenn auch verzweifelte, aber dennoch kräftige Rufe nach "Missus! Missus!" langsam in ein Murmeln und dann ein Flüstern übergingen, bis sie nach einer quälend langen Weile endgültig verstummten. Eine feuchte Hand löste sich, ein Körper rollte, es klatschte, dann war nur noch das Rauschen von Wellen zu hören.

* * *

Der Sommer war fast vorüber, als Eleonore sich endlich ins Leben zurückgekämpft hatte. Sie stand im Garten und schnitt ein paar Rosen für eine Vase. Sie ließ sich auch wieder mit der Kutsche zur Anprobe neuer Kleider bei ihrer Modistin bringen, zu den Plauderstunden ihres Damenkränzchens in *Knittelbeeks Café, Condi-*

torei und Marzipanmanufactur, und man traf sie sogar wieder bei Abendveranstaltungen an, wenn diese nicht allzu ausgelassen waren.

Dennoch fiel ihr alles unendlich schwer. Jedesmal, wenn jemand in ihrer Gegenwart Worte wie "Glück" oder "glücklich" in den Mund nahm, war sie den Tränen nahe, denn sofort dachte sie an Felix. Den *Glücklichen*.

Sie vermisste sein schelmisches "Missus", das er als kleiner Junge von seiner englischen Gouvernante aufgeschnappt hatte, als diese einmal wütend auf die Köchin gewesen war. "Diese *Missus* hält sich wohl für etwas ganz Feines", hatte sie schnippisch in ihrem fein polierten Oxford-Akzent gesagt.

Von da an hatte Felix seine Mutter auch immer "Missus" genannt, wenn er sie für zu streng gehalten hatte. Später war es ein liebevoller Kosename geworden, den er allerdings nur sagen durfte, wenn wirklich niemand in der Nähe war. Selbst das Personal hätte es unschicklich gefunden, obwohl Eleonore genau wusste, wie wenig vornehm man in den weniger gediegenen Teilen des Hauses redete.

Seufzend legte Eleonore die Rosenschere in ihren Korb und erhob sich. Sie blickte zum Haus hinüber und sah hinter einem der Fenster ihren Mann, der an seinem Schreibtisch saß und ein paar Papiere studierte. Dabei schüttelte er immer wieder ungläubig den Kopf. Eleonore ging zu ihm.

"Adolph?" fragte sie beim Eintreten. "Ist alles in Ordnung?"

Adolph Godenschwager nahm gar nicht wahr, wer mit ihm sprach. Ohne weiter nachzudenken antwortete er: "Ich habe heute die Papiere aus unserem Kontor mit denen aus Dar-es-Salâm verglichen. Die Zahl von Männern auf der *Pelikan* stimmt nicht. Ich habe die Listen mehrmals verglichen. Da fehlt einer. Der Name Martin Dittmer."

"Unser Felix! Vielleicht ist er gerettet worden!"

Erst jetzt nahm Adolph die Anwesenheit seiner Frau richtig war. Er stand auf und legte ihr behutsam die Hand auf die Schulter. "Lonny, Liebste. Du verstehst nicht ganz. Wäre er gerettet worden, hätten wir längst von ihm gehört. Aber der Name fehlt schon auf der Liste von Männern, die sich eingeschifft haben. Felix hat nie einen Fuß auf die *Pelikan* gesetzt."

* * *

"Willst du es dir nicht doch noch einmal überlegen, Meta?"

Doch Meta Sötje schüttelte den Kopf. "Was ich tun muss, das muss ich tun. Atschüß, Frau Heitmann, und alles Gute."

"Dir auch, Meta." Frau Heitmann sah kopfschüttelnd der kleinen, gebeugten Gestalt hinterher, die sich langsam entfernte. Nach fast zwanzig Jahren hatte Meta ihren Posten bei der Familie Godenschwager aufgegeben. In ihrem Alter würde es ihr kaum mehr gelingen, noch etwas Neues bei einer der guten Familien zu bekommen. Vielleicht würde sie wenigstens in einer Spelunken um den Ebrärgang eine Anstellung als Reinemachefrau finden.

Doch bei den Godenschwagers konnte sie einfach nicht mehr arbeiten. Jedenfalls nicht, solange die gnädige Frau immer noch regelmäßig die Wäsche ihres verschollenen Sohnes waschen ließ, weil sie die Hoffnung nicht aufgegeben hatte, dass er doch noch einmal zurückkommen würde.

Jedesmal, wenn Meta eines der Stücke des jungen Herrn Godenschwager anfasste, war es, als würde sie der Blitz treffen. Vor ihrem Auge sah sie kurze Bilder aus ihrem Traum. Hier eine feuchte Hand, die den Halt an dem rettenden Baumstumpf verlor, dort zwei Lippen, die das Wort "Missus" formten. Es war nicht mehr auszuhalten gewesen. Sie hatte gehen müssen.

* * *

Die Männer trugen ihre beste Kleidung und standen aufgereiht in einer akkuraten Linie. Nacheinander erhielt jeder von ihnen seinen letzten Lohn, eine Urkunde und das begehrte Empfehlungsschreiben. Es geschah kurz vor dem Ende. Es gab noch zwei Ansprachen, es wurde die Nationalhymne gesungen, dann war die feierliche Veranstaltung vorüber. Die Zuschauer gingen ebenso ihrer Wege wie die geladenen Gäste.

Felix machte sich mit seinen Kameraden auf den Weg zu ihrer Unterkunft, wo sie ihre Habseligkeiten abholten, ehe das hölzerne Gebäude für Lokführer und anderes Eisenbahnpersonal hergerichtet werden sollte.

"Was wirst du nun tun?" wurde Felix von seinem Kameraden gefragt. "Gehst du nach Süden und schiffst dich nach Hamburg ein?"

"Nein, ich werde auch wie du und die meisten der anderen nach Norden gehen. Ich will mir noch eine weitere Empfehlung erarbeiten. Dann kann ich wirklich ganz sicher sein, dass nicht nur meine Jugendsünden ausgebügelt sind, sondern man mir auch meine Eigenmächtigkeit verzeiht und mich willkommen heißen wird."

* * *

An einem Februarmorgen wachte Meta Sötje auf und fühlte sich anders als sonst. Der Traum war wieder dagewesen. Sie hatte alles so deutlich vor sich gesehen wie noch nie.

Der junge Herr Felix war durch den Sturm geirrt und zu Schaden gekommen. Ein starker Windstoß hatte ihn vom Weg gedrückt. Er hatte den Aufgang auf die Brücke verpasst. Zuerst war er gestrauchelt, dann einen Abhang hinuntergestürzt. Verzweifelt hatte er die Hand ausgestreckt und tatsächlich den Stumpf eines jungen, abgebrochenen Baums zu fassen bekommen. Doch er hatte sofort gewusst, dass es keine Rettung für ihn geben würde. Er war den Abhang zu weit hinuntergerollt. Oben würde ihn durch das Sturmgetose niemand hören, unten wartete nur der Fluss. Er war verletzt und geschwächt. Die Sturmeskälte tat ihr Übriges. Er hatte gebetet und dann das Bild seiner Mutter vor sich heraufbeschworen, ehe seine Kräfte ihn verlassen hatten. Er hatte einfach losgelassen. Als der junge Herr Felix in den Fluss gestürzt und die reißenden Wasser sich unter ihm begraben hatten, war er bereits tot gewesen.

Sie hatte keine Ahnung, warum dem so war, doch in diesem Moment hatte Meta die Gewissheit, dass alles, was man sich über den verschollenen jungen Herrn Felix erzählt hatte, nicht stimmte. Ihr Traum war die

Wahrheit gewesen, und es hatte sich alles in der letzten Nacht abgespielt. Sie wusste, dass der Traum nicht wiederkehren würde. Ein Kreis hatte sich geschlossen.

* * *

"Na, was sagst du?"

Amandus Thode junior trat zur Seite. Vom Dachgeschoss des Thodeschen Kontorhauses hatte man einen guten Blick auf die Kaianlagen, wo vor zwei Stunden ein Schiff mit Fracht festgemacht hatte.

Natürlich war Amandus, wie es sich für den ältesten Sohn gehörte, in das Familiengeschäft eingestiegen. Noch stand der alte Herr am Ruder, aber Amandus junior, Mandus gerufen, hatte bereits wichtige Aufgaben übernommen. Die zunehmende Konkurrenz im Koprageschäft hatte die Gewinne geschmälert, also hatte man neue Geschäftszweige gesucht. *Thode und Consorten* machte jetzt auch in Eis.

Maximilian Godenschwager trat dorthin, wo Mandus gestanden hatte, und blickte auf den noch ganz neuen Kaischuppen. Er hatte die Nachfolge seines älteren Bruders Felix in der Reederei Godenschwager angetreten. Jetzt bereitete er sich genauso wie Mandus darauf vor, die Geschäfte eines Tages ganz zu übernehmen.

"Nicht übel. Das kann sich wirklich sehen lassen."

"Nicht wahr?" sagte Mandus stolz. "Endlich können wir uns, so wie jetzt, bis in den Sommer hinein Eis mit euren Schiffen aus unseren Eisspeichern in Drontheim und Mo i Rana kommen lassen, um es hier an die Fischhändler zu verkaufen. Natürlich geht auf der wochenlangen Reise einiges verloren und wir müssen das angesammelte Schmelzwasser regelrecht verramschen, aber insgesamt bleibt genügend Eis übrig, um bei dem Geschäft nicht zuzusetzen. Komm, wir schauen zu, wie euer Schiff entladen wird."

Mandus führte seinen Besucher hinaus auf den Kai.

"Wie geht es deiner Mutter?" fragte er.

"Wie in jedem Juni, wenn Felix' Geburtstag vor der Tür steht", seufzte Maximilian. "Sie wird schwermütig, schließt sich in ihrem Zimmer ein und kommt erst eine Woche später wieder heraus."

"Ihr habt nie wirklich wieder etwas von ihm gehört?"

"Kein einziges Wort."

"Wie lange ist es jetzt her?"

"Fünf Jahre."

"Dann wäre er heute fünfundzwanzig geworden?"

"So ist es."

"Was nur passiert sein mag?"

"Wir werden es wohl nie genau erfahren. Am schlüssigsten war für mich immer die Vermutung des alten Doktor Ingersen, dass Felix die Wasserleiche war, die irgendwann am Ericusgraben angespült wurde. So mancher Tote ist wochenlang durch die Fleete getrieben, ehe er gefunden wurde und nicht mehr zu erkennen war, weil Fische und Möwen sich an ihm gütlich getan hatten. Aber in jenem Jahr gab es nur einen, der so gut gekleidet war, dass es tatsächlich Felix hätte sein können."

"An die Geschichte eurer Waschfrau hat wohl nie wirklich jemand geglaubt."

"Natürlich nicht. Das Gefasel von Bergen, Schnee und einer Eisenbahnbrücke konnte wirklich nur das

Gerede eines alten Waschweibs sein. Sie war wohl schon etwas durcheinander im Kopf. Hat ja auch nicht mehr lange gedauert, bis die Altersschwäche sie hinweggerafft hat. Wenn Felix nicht ins Wasser gegangen ist, traue ich ihm zu, dass er jetzt irgendwo in Marseille oder sonst wo eine runtergekommene Hafenkneipe betreibt, um sich nicht Vaters Diktat beugen zu müssen. Das passt zu ihm. Was hätte ihn also in die Alpen verschlagen sollen?"

Sie hatten den Kai erreicht. An das Schiff der Reederei Godenschwager war eine hölzerne Rampe angelegt worden. Darüber ließen die Seeleute einen Eisblock auf den Kai rutschen. Die Thodeschen Kaiarbeiter packten ihn dort mit Bootshaken und wuchteten ihn zu einer weiteren Rampe. Einer Eimerkette gleich standen rechts und links der Rampe alle paar Meter stets zwei kräftige Männer, die den Eisblock die Rampe hochzogen, bis er oben durch ein Loch in der Holzwand im Speicher verschwand. Das Spiel wiederholte sich so lange, bis das Schiff komplett entladen war und nur noch das Schmelzwasser abgepumpt werden musste.

"Düwel ook", rief einer der Arbeiter plötzlich, als ein weiterer Block auf den Kai gerutscht war. "Do is jo'n Liek in't Ies! "

"Was sagst du da, Odje?" rief Mandus. "Eine Leiche im Eisblock? Jung, halt auf und erzähl hier keinen Unsinn!"

"Glöövt Se mi dat, Herr Thode, wenn ik dat segg. Do is'n Liek binnen!"

"Odje Barthels... Der hat bestimmt wieder gesoffen", raunte Mandus. "Aber angucken muss ich es mir doch. Wird wohl nur irgendwelches Treibgut sein, das vom

Eis eingeschlossen wurde."

Gefolgt von Maximilian eilte Mandus zu dem Eisblock und nahm ihn Augenschein. Da war tatsächlich etwas in der Masse aus gefrorenem Wasser eingeschlossen.

"Mich trifft der Schlag." Mandus schluckte hart, als er sich wieder aufrichtete. "Lauf sofort zur nächsten Polizeistation und hol einen Wachtmeister, Odje. Schnell!"

Es dauerte keine halbe Stunde, bis der Wachtmeister eingetroffen war. Der Polizeiarzt kam wenig später und gab Anweisungen: "Wir müssen ihn da rausschlagen und sofort in die Gerichtsmedizin bringen. Aber vorsichtig!"

Die vom Wachtmeister in die Pflicht genommenen Arbeiter machten sich unbehaglich ans Werk. Nach und nach hieben sie mit Spitzhacken und Bootshaken den Eisblock in kleinere Stücke, bis er schließlich durch einen einzigen Schlag zerbrach.

Mandus konnte seinen Besucher gerade noch auffangen, bevor dieser unter seinen weichen Knien ganz zusammenbrach und auf dem Kopfsteinpflaster des Kais aufschlug. "Maximilian! Was ist mit dir?"

"Das ist Felix."

* * *

Ilse Enderby war stolz auf ihren Enkel. Der Neunjährige war so aufgeweckt und wissbegierig. Schon wieder war er mit einem neuen Buch zu seinem Vater gelaufen und wollte vorgelesen bekommen. Über Eisenbahnbau. Mit Kinderbüchern brauchte man dem Jungen nicht kommen. Er brannte für alles, was mit Technik zu tun hatte.

Der gute Martin kam bei den Wochenendbesuchen auf dem Landsitz mit dem herrlichen Blick über Loch Lomond zu nichts anderem, als seinem Sohn aus der Bibliothek der Großeltern vorzulesen.

Martin. Ilse hätte ihm gerne einen anderen Namen gegeben, doch das hätte neugierige Fragen nach sich gezogen. Zumal Martin auf gewisse Weise doch richtig war.

Ilse hatte ihrem Mann in all den Jahrzehnten ihrer Ehe nie erklärt, warum sie auf diesem Namen bestanden hatte. Wie hätte sie ihm auch eingestehen können, dass sie das neue Leben schon bei der Hochzeit in Hamburg und nicht erst seit der Schiffsreise nach Glasgow unter ihrem Herzen getragen hatte. Keinesfalls war Martin zwei Monate zu früh zur Welt gekommen. Vielleicht hatte Gyles etwas geahnt. Wenn ja, hatte er nie ein Wort darüber verloren. Er hatte Martin stets wie sein eigen Fleisch und Blut behandelt. Gyles war so ein herzensguter Mensch. Über die Zeit hinweg hatte Ilse ihn wirklich zu lieben gelernt.

Als Martin gut zwanzig Jahre später zu ihr gekommen war, um sie um Rat für einen Jungennamen zu bitten, hatte Ilse ohne zu zögern Felix vorgeschlagen. Es war wohl nun genügend Zeit verstrichen. Mit der Auswanderung nach Schottland hatte sie ohnehin alle Verbindungen nach Hamburg abgebrochen.

Ilse verließ den Salon. Für sie stand außer Zweifel, das Felix eines Tages Ingenieur werden würde, doch sie selbst hatte für derlei kein Gespür. Sie hatte in keines von Gyles' zahlreichen Büchern über Technik je auch nur einen Blick geworfen. Leise zog sie von außen die

Tür ins Schloss, um Vater und Sohn nicht zu stören. Felix hörte aufmerksam zu, als Martin ihm vorlas:

"Die Männer, die an der Fertigstellung dieses Teilstücks der Dovrebanen zwischen Tretten und Otta beteiligt waren, wurden am Tag vor der Eröffnung des Bahnhofes Otta im Oktober 1896 mit einer Feierstunde für ihren unermüdlichen Einsatz geehrt. Die meisten von ihnen reisten anschließend nach Drontheim weiter, wo sie am weiteren Bau der Nordlandsbanen von dort nach Bodø am Polarkreis mitwirken sollten.

Im Februar des folgenden Jahres kam es zu einem schweren Unglück, als fünf Arbeiter bei einer fehlgeschlagenen Sprengung unter einem Felsvorsprung verschüttet wurden. Trotz eines aufziehenden Schneesturms versuchte ein mutiger Arbeiter, den es nicht getroffen hatte, Hilfe zu holen.

Der junge Einwanderer schaffte es, über eine Telegrapheneinrichtung eine Meldung abzusetzen und eilte den Rettern entgegen. Er verlor jedoch scheinbar die Orientierung und verfehlte die Brücke, die er zu nehmen hatte, kam zu Fall und stürzte in einen Fluss, was sein Ende bedeutete. Sein Tod löste große Betroffenheit aus, denn er hatte sich nicht zum ersten Mal als mutig und selbstlos bewiesen. Schon bei der Arbeit an der Dovrebanen hatte er zwei Kameraden vor einem Steinschlag bewahrt.

Die Leiche wurde in Norwegen selbst nie gefunden, doch durch einen unheimlichen Zufall gelangte sie fünf Jahre später mit einem Frachter nach Hamburg, unversehrt eingeschlossen in einem Eisblock."

Die Witwe von Nienstedten

Gut Binsenredder
am 24. Dezember 1898

Liebste Martha,

bitte verzeih, dass du an der Kirche vergeblich auf mich gewartet hast. Es tut mir so unendlich leid, wie entetäuscht du gewesen sein musst. Sei versichert, dass auch ich voll Kummer bin, nicht mit dir gemeinsam bei der feierlichen Christvesper gewesen zu sein.

Genau genommen müsste ich schreiben, dass du vergeblich warten *wirst*, denn ich schreibe diese Zeilen in den frühen Morgenstunden des Heiligabend und dein Warten steht noch bevor.

Doch lass mich ganz von vorn berichten. Meine Herrschaften haben sich erst gestern am Vormittag entschlossen, das Weihnachtsfest auf ihrem Gut bei Duvenstedt zu verbringen statt auf ihrem Anwesen an der Elbchaussee zu bleiben. Der Ausgang für die Weihnachtstage wurde uns genommen, da wir sie begleiten sollten. Wir mussten innerhalb von nur zwei Stunden packen, was besonders Frau Mackeprang, die Köchin, in helle Aufregung versetzte. Sie hatte natürlich längst mit der Zubereitung des Festessens begonnen. Für die Abendgesellschaft sollte es fünfundzwanzig Gänge geben, wie es sich in den feinen Kaufmannshäusern Hamburgs gehört. Mockturtle-Suppe war ebenso geplant wie Hummercrème in Jakobsmuschelschalen, Rehrücken mit echten Trüffeln, Weingelee und Eistorte. Doch nun sollte es statt diesem großen Festessen nur ein kleines Mahl von vier Gängen für die Herrschaften, deren Eltern und die beiden Söhne geben.

Du kannst dir vorstellen, welches Durcheinander der Entschluss der Herrschaften verursachte und welchen Kummer Frau Mackeprang über die bereits halbfertigen Speisen hatte, die sie nun wegwerfen musste. Nur wenig war geeignet, dass sie es mitnehmen konnte, und sie hasst Vergeudung.

Verzeih, ich schweife ab. Alfred Christiansen senior, der Hausherr, ließ sich von Frau Mackeprangs vorsichtigen Einwänden nicht beirren. Wir fragten uns alle nach dem Grund für diesen schnellen Aufbruch, zumal die Eltern von Frau Christiansen erwartet wurden. Doch uns blieb keine Zeit zum langen Nachdenken. Herr Christiansen drängte auf eine schnelle Abreise.

Erst in der letzten Nacht, nachdem sich endlich Ruhe über das Gut gelegt hatte, konnte ich Atem schöpfen und mir Gedanken machen. Mir ist klar, dass mir kaum jemand glauben würde, erzählte ich offen, welche Dinge mir durch den Kopf gegangen sind. Doch du bist meine älteste und liebste Freundin, kennst mich seit Kindertagen. Darum habe ich keine Furcht, dir davon zu berichten, denn wenn irgendjemand weiß, dass ich nicht zu Überspannung und Einbildungen neige, dann bist du es.

Je mehr Gedanken ich mir mache, desto größer ist meine Gewissheit, dass alles an einem Tag im April begonnen hat, kurz nachdem ich auf dem Anwesen als Gesellschafterin für Frau Florence Christiansen angekommen bin. Sie war vom ersten Moment an gut zu mir und hatte sehr viel Geduld. Sie entstammt der angesehenen Kaufmannsfamilie Asherson aus Colchester in Essex, ist aber schon als zwanzigjähriges Mädchen nach einer Vergnügungsreise in Hamburg geblieben, weil sie sich in Alfred Christiansen senior verliebt hatte und ihn heiratete.

Durch ihre Herkunft weiß Florence Christiansen, dass Gesellschafterinnen, wie die feinen Damen in England sie haben, in Hamburger Kreisen trotz aller guten Verbindungen zwischen beiden Ländern zwar bekannt, aber nicht sehr üblich sind. Sie lächelte immer nur milde, wenn ich aus der Gewohnheit meiner alten Anstellung heraus ihr Bett machte oder ihre Wäsche faltete. Sie schalt mich nie, nur ein sanftes "Clara-Kind..." verriet, wenn ich eine Aufgabe übernahm, die nicht meine war.

Zu Anfang fürchtete ich, dass ich meine Stellung rasch wieder verlieren würde, weil meine Ausbildung zum Hausmädchen nichts mit dem gemein hatte, was von einer Gesellschafterin erwartet wird, doch Frau Christiansen nahm mir diese Angst schnell. Eines Tages sagte sie zu mir: "Wissen Sie, Clara-Kind, ich hätte mir gut eine Gesellschafterin aus England kommen lassen können, doch ich wollte jemanden von hier haben. Und", fügte sie lächelnd hinzu, "ich habe gemerkt, wie schnell Sie lernen. Schon bald werden Sie eine ganz passable Bridgespielerin sein."

Die abendliche Bridgestunde ist die wichtigste Zeit im Haus Christiansen. Herr Alfred Christiansen senior ist den ganzen Tag über im Kontor in Hamburg, genauso wie Alfred Christiansen junior. Mit seinen fünfzehn Jahren muss der Junge schon auf seine spätere Rolle als Nachfolger des Vaters vorbereitet sein, damit der Name Christiansen weiterhin zu den ersten der Stadt gehört. Gewiss wird er dies wunderbar meistern. Er hat nicht nur das gute, robuste Aussehen seines Vaters geerbt, sondern auch dessen bedachtes, aber bestimmtes Auftreten, was die Geschäftsfreunde des *Handelscomptoir Christiansen & Sohn* ganz sicher später einmal zu würdigen wissen.

Der jüngere Sohn Carl ist von zarterer Gestalt, er kommt ganz nach seiner Mutter. Doch anders als in der Familie, in der ich vorher in Diensten war, wird bei den Christiansens der Zweitgeborene nicht hintenangestellt. Auch wenn es sicher ist, dass er später nicht dem Geschäft vorstehen wird, soll er eine wichtige Aufgabe erhalten - er wird später die drei großen Anwesen der Familie führen. Obwohl er mit acht Jahren noch sehr jung ist, scheint Carl seinen Platz schon zu kennen. Er hält sich gerne beim Kutscher Wilhelm und dem Stallburschen Richard auf und geht ihnen sehr geschickt zur Hand. Die beiden haben ihn sehr ins Herz geschlossen, besonders Richard. Er kümmert sich um Carl wie um einen Bruder, obwohl der Bursche mit sechzehn doch langsam in das Alter kommt, in dem andere Jungens sich allmählich auf ihre Zeit beim Militär vorbereiten und danach an eine feste Braut denken.

Natürlich kann Carl noch nicht am Kartenspiel teilnehmen, darum verbringt Herr Christiansen senior nach dem Abendessen zunächst einige Zeit mit ihm, bis sich die älteren Christiansens schließlich im Salon treffen. Da man zum Bridge vier Personen benötigt, bin ich auch anwesend. Dabei nimmt die Familie kein Blatt vor den Mund und bespricht alles Wichtige vor mir. Das ist der größte Unterschied zwischen mir und dem anderen Personal: Mir kommen alle Familienangelegenheiten aus erster Hand zu Ohren, die anderen erfahren es auf dem Umweg des *Sluderns*.

Dabei gibt es gar nicht viel zu *sludern*. Die Christiansens sind eine harmonische Familie, einander sehr zugetan und auch zu anderen Menschen immer freundlich. In den zehn Monaten, die ich nun hier bin, habe ich noch nicht ein böses oder lautes Wort von ihnen gehört. Außer an jenem Tag im April, von dem ich dir berichten will.

Wie ich dir schon nach meinem Vorsprechen bei Frau Christiansen für den Posten geschrieben habe, liegt das Anwesen der Christiansens recht weit draußen vor den Stadttoren Hamburgs. Es ist ein herrlicher Landsitz mit einem weitläufigen, nach hinten hin etwas abfallenden Park, wodurch man einen herrlichen Ausblick auf die Elbe und die vorbeiziehenden Schiffe hat. Etwas abseits und von einer hohen Taxushecke umsäumt, hat Frau Christiansen einen englischen Cottagegarten anlegen lassen, wie sie ihn aus ihrer Heimat kennt. Es gibt auch einen kleinen Seerosenteich mit einem Steg. Daran ist ein kleines Ruderboot vertäut, das allerdings nur Zierrat ist. Der Teich ist zu klein, um darauf Partien zu Wasser zu unternehmen, doch es bereitet Vergnügen, in dem Boot zu sitzen und zu lesen.

Genau das tat ich an jenem Tag kurz vor Ostern, von

dem ich berichten will, denn Frau Christiansen hatte mir ein Buch gegeben. Es ist ihr liebstes, und sie wollte, dass ich es kenne, um sich mit mir darüber austauschen zu können.

Es war ein für April ungewöhnlich milder Tag, darum hatte ich mich zum Lesen in dem Boot niedergelassen, das mitten im Schein der Frühlingssonne lag, die angenehm wärmte.

Auch wenn ich finde, dass der Held einen sehr merkwürdigen Namen hat, denn wer heißt selbst in England schon Heathcliff, war ich von dem Buch sofort gefangen genommen. Ja, ich versank geradezu darin, und ich habe heute keine Erinnerung mehr daran, wie lange es gedauert hat, bis ich gewahr wurde, dass ich mich beobachtet fühlte. Ich fuhr vor Schreck zusammen und blickte hoch. Am anderen Ufer des Teichs, etwa zehn Meter vom Boot entfernt, mündet in einem kleinen Wasserfall der Lauf eines geschickt angelegten mäandernden Baches, an dessen oberen Ende mit der Quelle ich eine ganz in Schwarz gekleidete Frau erblickte. Ich muss sie mit meiner abrupten Bewegung verschreckt haben, denn ich konnte sie nur für einen kleinen Moment sehen, dann war sie wieder verschwunden. Oder hatte ich mir das alles nur eingebildet, weil mir die Figuren in dem Buch so besonders lebendig erschienen?

Ich kam nicht dazu, näher darüber nachzudenken, denn in diesem Moment hörte ich aus der Ferne die große Glocke auf dem Dach läuten, mit der Frau Mackeprang zum Mittagessen rief. Ich musste mich beeilen, denn die Wege auf dem großen Anwesen der Christiansens sind sehr lang, und für die fast fünfhundert Meter vom englischen Garten zum Haus braucht man schon eine Weile.

Ich nahm die bescheidene Mahlzeit mit dem anderen Personal in der Küche ein, denn Frau Christiansen war an diesem Tag wegen ihrer Tätigkeit als Vorsitzende der Wohltätigkeitskasse für Seemannswaisen mit ihrem Mann zusammen in die Stadt gefahren, und ich wollte nicht, dass Frau Mackeprang sich für mich die Mühe machte, die Tafel im Esszimmer herzurichten, obwohl die Christiansens dies eigentlich so wünschten. Doch ich sehe mich nicht als etwas Besseres als die anderen Hausangestellten, darum verzichte ich nach Möglichkeit auf diese Bevorzugung, was mir Frau Mackeprang und die anderen mir scheinbar hoch anrechnen, denn zu mir sind sie nie so schnippisch wie zu der Hauslehrerin des kleinen Carl, die keine Gelegenheit auslässt, sich aufzuspielen, als wäre sie selber die Hausherrin.

Nach dem Essen kehrte ich zum Boot zurück und las weiter. Es dauerte nicht lange, bis ich die Frau erneut entdeckte. Diesmal erschreckte mich ihr Erscheinen nicht. Während ich den Kopf gesenkt hielt und vorgab, weiterhin zu lesen, verdrehte ich die Augen etwas, um sie genauer mustern zu können. Was ich sah, war durch meinen unnatürlichen Blick ein wenig verzerrt, doch nach wenigen Augenblicken konnte ich ausmachen, dass sie eine altmodische Witwentracht trug. Ihr Gesicht wirkte noch nicht sehr alt, doch es war grau und wie ihre gebeugte Gestalt von Gram gezeichnet. Sie stand wieder am oberen Ende des Bachlaufs und machte keine Anstalten näherzukommen, um sich näher vorzustellen. Sie starrte nur verloren vor sich hin und schien auf etwas zu warten.

Ich hatte keine Ahnung, wer sie war, doch da ich ja noch nicht lange in Diensten der Christiansens stand, war es durchaus möglich, dass sie zum Haushalt gehörte, ich sie nur noch nicht kennengelernt hatte. Ich mutmaßte, dass sie in einem der uralten Häuser wohnte, die hinter Frau Christiansens englischem Garten in einem kleinen Wäldchen versteckt liegen.

Abends, als wir uns gerade zu Tisch niederließen, fragte ich Frau Christiansen nach der Frau. Nie hätte ich mir träumen lassen, in welche Hysterie diese harmlose Erkundigung meine Dienstherrin versetzen würde! Sie wurde so weiß im Gesicht, wie ich es bei ihrer ohnehin schon sehr fahlen, zarten Haut nie für möglich gehalten hätte. Sie warf ein Glas um, zitterte am ganzen Körper und schrie: "Das ist niemand! Gar niemand! Wir kennen sie nicht! Sie ist eine Fremde. Fremde haben hier nichts zu suchen! Wie können Sie es wagen, einen solchen Eindringling auch nur zu erwähnen. Sie hätten sie fortjagen müssen." Dann eilte sie aus dem Speisezimmer. Ich hörte später, dass sie sich das Essen in ihren Salon hatte bringen lassen, es aber später unberührt wieder fortgetragen wurde.

Ich traute mich kaum, mit Herrn Christiansen darüber zu sprechen, doch da ich offensichtlich einen groben Fehler begangen hatte, musste ich ihm reinen Wein einschenken. Nachdem er mich angehört hatte, wurde er nicht so aufgeregt wie seine Frau. Er wurde statt dessen ganz ruhig und sehr ernst, wodurch mir noch mulmiger wurde. Er sagte: "Das ist eine sehr alte Geschichte, die meiner Gattin sehr viel Kummer bereitet hat. Vergessen Sie diese Frau, Clara, und sprechen sie nicht mehr darüber. Wenn sie sich noch einmal blicken lässt, ignorieren Sie sie einfach."

Es war nicht ganz leicht, die Frau zu vergessen. Zwar verlor niemand ein weiteres Wort und sie tauchte auch nicht wieder auf, doch die gnädigen Herrschaften blieben in der Zeit nach diesem Ereignis merkwürdig unruhig. Lediglich Carl und Alfred junior waren so unbekümmert wie sonst.

Ostern kam und ging genau so wie der Mai mit dem Pfingstfest. Der Frühling zeigte sich von seiner schönsten Seite. Überall auf dem Anwesen öffneten jeden Tag mehr und mehr Blumen ihre Knospen, bis sie den Garten in ein buntes Meer aus unzähligen Farben tauchten, was jeden Kummer vergessen ließ. Allmählich blühten auch meine Herrschaften wieder auf.

Anfang Juni, zwei Tage vor Fronleichnam, saß ich mit Frau Christiansen in dem kleinen Gartenpavillon, nicht sehr weit vom Haus entfernt. Ich hielt einen großen Strang Wolle, während sie mir, den Rücken zum Garten gewandt, gegenübersaß und die Wolle mit raschen, geschickten Händen zu einem Knäuel aufrollte.

Mit einem Mal war es mir, als würde ich eine Bewegung neben einem der Rhododendren ausmachen, die den Weg zwischen dem Haus und dem Pavillon säumen, doch es konnte auch der Busch selbst gewesen sein, der sich im leichten Wind wiegte. Die Sonne blendete mich ein wenig und ließ mich nicht alles klar erkennen. Doch wenig später gab es keinen Zweifel: Die Frau in der Witwentracht war wieder da. Regungslos stand sie mitten auf dem Weg und schaute zu uns herüber.

Ich wagte nicht, auch nur einen Mucks zu tun, doch hielt ich die Wolle für einen Moment zu locker, so dass

Frau Christiansen mich rügte: "Clara, bitte passen Sie ein wenig besser auf."

Ich konnte nur eine vage Entschuldigung stammeln. Es entging Frau Christiansen nicht, dass ich verstört war. "Was ist, Clara?" fragte sie mit zitternder Stimme. Und als ich nicht gleich antwortete: "Clara, sprechen Sie. Sie haben sie gesehen, nicht wahr? Die Witwe? Sagen Sie es mir doch bitte, es soll zu Ihrem Schaden nicht sein. Sie haben die Witwe gesehen?"

Ich nickte langsam. Frau Christiansen schrie auf, warf das Wollknäuel zu Boden und rannte davon. Ich dachte, sie würde die Witwe für ihr Eindringen zur Rede stellen wollen, doch diese war wie vom Erdboden verschluckt.

Ich sammelte all unsere Sachen zusammen und ging ins Haus zurück.

"Ist etwas geschehen?" fragte das Stubenmädchen Lotte, als ich ins Vestibül trat. "Die Christiansensche ist wie der Teufel nach oben gestürmt und hat ihre Tür hinter sich abgeschlossen."

"Frau Christiansen hat einen großen Schrecken bekommen", sagte ich. "Eine Wespe hatte sich auf ihren Nacken gesetzt."

"Eine Wespe?" sagte Lotte enttäuscht. "Bloß deswegen hat die sich so verjagt? Ich dachte, die Witwe wäre wieder aufgetaucht."

"Welche Witwe?" fragte ich, bevor ich mich selber im Zaum halten konnte.

"Die, die du vor Ostern gesehen hast."

"Ich weiß nicht, wovon du sprichst." Obwohl ich vor Neugierde brannte, durfte ich nichts sagen. Und schon gar nicht mit dem anderen Personal darüber *sludern*. Ich wollte meine Stellung doch nicht verlieren.

Lotte ließ sich nicht so leicht ins Bockshorn jagen. "Du weißt genau, was ich meine. Der Diener Gustav hat gehört, wie du mit dem Herrn darüber gesprochen hast. Ist sie also doch wieder aufgetaucht."

Nur mit Mühe gelang es mir, Lotte abzuschütteln und auf mein eigenes Zimmer zu gehen. Was hatte es mit dieser Witwe auf sich? Ich grübelte, wen ich dazu am vertrauenswürdigsten befragen könnte. Vom Personal im Haus fiel mir niemand ein, denn auch wenn ich mich mit allen gut stand, wusste ich doch ganz genau, dass sie alle zum *sludern* neigten, selbst Frau Mackeprang.

Schließlich fiel mir jemand ein: Wilhelm, der Kutscher. Ich weiß nicht, wie alt er genau war, aber er musste schon sehr lange zum Haus gehören, denn ich hatte ein paarmal mitbekommen, wie er von Erlebnissen berichtete, die er in Diensten des Großvaters von Alfred Christiansen senior erlebt hatte.

Ich ging zum Zimmer von Frau Christiansen, um mich zu versichern, dass ich nicht gebraucht wurde. Wie ich es nach ihrem Ausbruch schon geahnt hatte, reagierte sie nicht auf mein Klopfen. Durch die abgeschlossene Tür hörte ich nur mühsam unterdrücktes Schluchzen. Ich ging zur Remise, wo ich den alten Wilhelm ganz sicher finden würde.

Die Remise ist ein sehr großzügig errichtetes Gebäude, denn neben dem Landauer und der Kalesche der Christiansens steht hier auch die *Dame Blanche*, eine große geräumige Kutsche. Mehrere Vorstände der in Nienstedten lebenden Kaufmannsfamilien haben diese Kutsche gemeinsam angeschafft, um damit zusammen die Wege zwischen ihren Häusern und zu ihren Kontoren zurückzulegen..

Auf dem Weg zur Remise dachte ich unwillkürlich über den Namen der *Dame Blanche* nach - das heißt *Weiße Frau*, und ich überlegte, in welchem anderen Zusammenhang mir diese Bezeichnung vertraut war, doch es wollte mir nicht einfallen.

Als ich ankam, zeigte der alte Wilhelm seinem jungen Lehrburschen Richard gerade, wie man ein Loch im Verdeck des Landauers ausbessert. Der kleine Carl war natürlich auch dabei. Es war rührend mit anzusehen, wie Richard den Jungen immer wieder in die Höhe hob, um ihm zu zeigen, welche Arbeiten Wilhelm gerade ausführte. Sie sind wirklich wie Brüder, obwohl doch ihre jeweilige Herkunft sie für immer voneinander trennt. Als Erwachsene werden sie eines Tages Diener und Herr sein.

Ich verstehe nichts davon, doch solche Flickarbeiten müssen sehr anstrengend sein, denn der alte Wilhelm zeigte sich dankbar, dass ich ihm mit meinem Wunsch nach einem Gespräch zu einer Pause verhalf. Mit einer knappen Kopfbewegung bedeutete er den beiden Jungens, dass sie uns allein lassen sollten. Sie gehorchten prompt.

Der alte Wilhelm lud mich in seine Werkstatt ein und bot mir

Tee an. Ich war auf einmal furchtbar verlegen und kam mir töricht vor bei dem Gedanken an das, was ich fragen wollte. Ich plapperte irgendwelchen Unsinn, doch der alte Wilhelm hatte unfassbar viel Geduld mit mir. Schließlich nahm ich all meinen Mut zusammen, erzählte ihm von den Ereignissen der letzten Wochen und fragte ihn rundheraus, was es mit der Frau in der schwarzen Witwentracht auf sich hatte, von der alle zu wissen schienen, aber niemand gern sprach.

Der alte Wilhelm sah mich lange an, ehe er antwortete. Ich versuche, seine Worte zu genau und vollständig wie möglich hier niederzuschreiben, liebste Martha, damit du die Geschichte genau verstehst:

"Tscha, Fräulein Clara, das ist eine ganz alte Geschichte. Vor beinahe zweihundert Jahren war der alte August Christiansen zum einem der höchsten Angestellten eines Handelskontors aufgestiegen. Mit viel Fleiß hatte er genug Geld zusammengespart, um schließlich eine eigene Unternehmung gründen zu können. Jene, der heute Alfred Christiansen senior vorsteht. Ein Weizenhandel, wie sie wissen. Dazu kaufte er das Bauernland hier. Dabei prellte er die Witwe des Bauern Smidt um mehrere hundert Hamburger Taler und um das Wohnrecht in ihrem Elternhaus bis zu ihrem Tod. Sie musste das Haus verlassen und stand ohne Dach über dem Kopf da. Schnell war sie mittellos und kam ins Armenhaus. August Christiansen zog in ihren Kotten ein und baute ihn für sich um. Erst vor gut fünfzig Jahren wurde er abgerissen und an seiner Stelle wurde das Herrenhaus errichtet, das wir heute kennen.

Dann waren da noch die drei halbwüchsigen Söhne von August - Friedrich, Otto und Eduard. Sie waren etwas ganz Besonderes, weil sie Drillinge waren. Ihre Mutter verwöhnte sie zu sehr, dadurch wurden sie Rabauken, die kein Gebot und Verbot kannten. In einer regnerischen Nacht löschten die drei alle Stalllaternen auf dem Weg entlang des Baches. Jener, der nun zu dem Englischen Garten der gnädigen Frau gehört. Er war damals noch ganz gerade und nicht so gewunden wie jetzt, das hat die Herrin erst so anlegen lassen. Der Uferweg war damals schmal und gefährlich. Nun, der Regen hatte den Weg aufgeweicht, und die Witwe Smidt war auf dem Weg von der Kirche ins Armenhaus. Dort, wo der Bach heute aussieht, als wäre dort seine Quelle, rutschte sie aus und fiel in das Wasser, das durch den starken Regen zu einem kleinen reißenden Strom angeschwollen war. Zwar hörte ein Knecht vom alten Christansen ihre Hilferufe, doch er kam zu spät. Ihr Kampf um das nackte Überleben hatte sie so geschwächt, dass sie in seinen Armen starb. Mit ihren letzten Atemzügen konnte sie dem Knecht noch sagen, dass einer der Drillinge am Ufer gestanden und sie in ihrer schwersten Stunde verhöhnt hatte. Doch weil die drei Jungs genau gleich aussahen, wusste sie nicht, ob sie nun Otto, Friedrich oder Eduard gesehen hatte. Die drei waren sich so unverwechselbar gleich, dass man sich im Dorf erzählte, sogar ihre eigene Mutter hätte sie mehrmals im Kindbett vertauscht, und niemand wisse mehr, wer von den dreien wirklich Friedrich, Otto oder Eduard war.

Darum schwor die Witwe Smidt, dass jeder der drei und auch ihre alle Nachkommen ihren jeweils ältesten Sohn durch Ertrinken verlieren sollten, wann immer es der Witwe Smidt beliebte, und zwar jedes Mal an einem Feiertag."

Der alte Wilhelm schwieg kurz und sah mich an. Mich fröstelte, ich zog meinen Schal enger um mich.

Der alte Wilhelm bemerkte mein großes Unbehagen und fragte: "Wollen Sie, dass ich weitererzähle, Fräulein Clara?"

"Ja", wisperte ich. "Bitte."

"Wie Sie wollen. Nun, lange Zeit passierte gar nichts. Die Drillinge waren damals gerade zehn oder elf Jahre alt. Doch irgendwann wurden sie erwachsen und gründeten ihre eigenen Familien. August stattete Otto, den Jüngsten... oder den, den alle für Otto hielten... da gab es ja dieses alte Gerücht... mit genügend Geld aus, um nach Lübeck zu gehen, wo er sein eigenes Geschäft gründete. Eduard, der Mittlere, ging nach Bremen, und Friedrich als der Älteste blieb hier. Alfred Christiansen ist einer seiner Nachkommen, doch auch er ist nur der zweite Sohn von Heinrich Christiansen...

Nun, eines Tages, es war wohl an Palmarum des damaligen Jahres, wenn ich mich recht an die Erzählungen der Alten erinnere, sichtete ein Stallbursche die Witwe Smidt in einer Vollmondnacht an der Stelle, wo sie ins Wasser gefallen war. Natürlich wurde das als Hirngespinst abgetan, als das Gefasel von einem jungen Burschen, dem der erste Alkohol zu Kopf gestiegen war. Dabei schwor der Bursche Stein und Bein, keinen Schluck getrunken zu haben. Niemand glaubte ihm.

Eine Woche später war Ostersonntag, und bald darauf kam aus Lübeck die Nachricht, dass der älteste Sohn von Eduard an diesem Tag nach einem Sturz in die Trave ertrunken war.

Zwei oder drei Jahre später wurde an Neujahr die Witwe Smidt am alten Brunnen gesehen - dort, wo heute der Pavillon steht, in dem Sie heute mit der Herrin gesessen haben. Es war der Lieblingsspielplatz von Otto. Bald darauf traf aus Bremen die Nachricht ein, dass der älteste Sohn von Otto bei einer Mutprobe auf dem Stadtgraben von Bremen im Eis eingebrochen war."

"Er ist dabei ertrunken?" fragte ich und schauderte.

"Ja, Fräulein Clara. Er ist ertrunken. Genau wie der älteste Sohn von Friedrich. Kurz zuvor war die Witwe Smidt dort gesehen worden, wo heute die großen Glastüren vom Speisezimmer des Herrenhauses auf die Terrasse führen. Und so hat es sich durch alle folgenden Generationen fortgesetzt."

"Aber es ist doch nichts geschehen, nachdem ich die Witwe Smidt" - Oh, Martha, ich sagte das, als würde ich daran glauben! - "bei der Quelle gesehen habe."

"Dann hat sie es wohl diesmal nicht auf einen der Nachkommen von Otto abgesehen. Denn auch das ist vorgekommen: Die Witwe Smidt wurde mal hier, mal dort gesehen, doch es passierte nichts, weil sie eine ganze Generation verschonte."

Liebste Martha, ich kann dir gar nicht sagen, wie mich die Geschichte des alten Wilhelm erschüttert hat. Natürlich hat meine Mutter mich erzogen, nicht an solche abergläubischen Geschichten zu glauben, doch die Zufälle, wie diese armen jungen Menschenkinder zu Tode gekommen sind, passen nur zu gut. Kein Wunder, dass die Leute an so etwas glauben! Und wenn doch etwas davon wahr sein sollte - würde dann, nun, da die Witwe Smidt beim Pavillon aufgetaucht war, einer der Nachkommen von Eduard sterben müssen? Bitte halte mich jetzt nicht für verrückt, liebe, gute alte Freundin Martha, doch ich will nicht verhehlen, dass auch ich allmählich an den wahren Kern dieser alten Schauermär glaubte, bin ich - ich! - es doch selbst gewesen, welche die Witwe Smidt mit eigenen Augen gesehen hat.

Meine Frage wurde bald beantwortet, denn etwa eine

Woche nach Fronleichnam traf ein Telegramm vom Bremer Zweig der Familie ein. Johannes, der älteste Sohn des Hauses, war auf große Fahrt geschickt worden, um alles, was in der Bremer Reederei Christiansen vor sich ging, bis ins Kleinste zu erlernen. In New York war er beim Losmachen der Leinen seines Schiffs in die Wasser des Hudson gestürzt. Der geringe Abstand zwischen dem Raddampfer und der Kaimauer hatte ihm keine Aussicht auf ein glückliches Ende gelassen. Die Strudel der Radschaufeln hatten ihn in die Tiefe gezogen, er war ertrunken.

Wir saßen gerade bei Tisch, als der Bursche Richard das Telegramm brachte. Herr Christiansen öffnete den Umschlag und las die Nachricht vor. Frau Christiansen tat einen kurzen Schrei. Es war ein merkwürdiger Laut aus Entsetzen gepaart mit... ja, mit Erleichterung. Wie gut ich sie verstehen konnte! Denn wenn wirklich jeder in der Familie an diese alte Geschichte glaubte, musste Florence Christiansen seit dem ersten Auftauchen der Witwe Smidt in tausend Ängsten um das Wohl ihres Jungen, ihres Alfred junior geschwebt haben! Welche Erleichterung musste dieses Telegramm bei aller Tragik für die Bremer Familie ihr gebracht haben, bedeutete es doch, dass die Witwe Smidt dem Aberglauben der Familie nach ihr Opfer gemacht hatte und nun wieder Ruhe einkehren würde.

So war es auch. Der Sommer ging vorüber und brachte einen goldenen Herbst. Die bunten Blüten und das satte Grün der Bäume wichen dem Tanz aus goldroten herabfallenden Blättern in samtigem, honigfarbenem Sonnenlicht im Wechsel mit schweren Herbststürmen. An einem besonders trüben Tag, der nicht einmal dazu einlud, in dem großzügigen Wintergarten des Hauses zu verweilen, saßen Frau Christiansen und ich mit unseren Handarbeiten in dem Salon, der nach vorne zur Elbchaussee hinausgeht. Die Hauslehrerin und der kleine Carl waren ebenfalls anwesend und fertigten kleine Stücke aus Kastanien, die später auf dem Tisch mit der Achatplatte im Vestibül unter einer Glasglocke ausgestellt werden sollten. Die Herren Alfred waren wie üblich mit der *Dame Blanche* ins Kontor gefahren. Im Kamin prasselte ein Feuer und es herrschte Behaglichkeit, bis es irgendwann an der Tür klopfte. Auf Frau Christiansens "Herein" betrat Lotte mit einem höflichen Knicks den Salon und brachte einen Umschlag, der ein weiteres Telegramm verhieß. Nichtsahnend las Frau Christiansen das kurze Schreiben - und sank ohnmächtig in ihrem Sessel zusammen. Während die Hauslehrerin eilte, um Riechsalz zu holen, kniete ich neben der gnädigen Frau nieder und fächerte ihr mit einer Hand Luft zu. Außerdem hob ich das Telegramm auf, das zu Boden gefallen war. Was darin stand, ließ mir das Blut in den Adern gefrieren!

Es hatte sich herausgestellt, dass die Behörden in New York Johannes Christiansen mit seinem Mannschaftskamerad Johann Christensen verwechselt hatten. *Dieser* war beim Ablegen in den Hudson gestürzt und ertrunken, während Johannes Christiansen nichtsahnend auf große Fahrt gegangen war, bis sein Schiff vor einer Woche in Bremen angekommen ist und er quicklebendig in den Schoß seiner Familie zurückkehrte.

Ich will es jetzt kurz machen, liebe Martha. Mit einem Mal waren die dunklen Wolken über meinen Herrschaften zurückgekehrt und alle unausgesprochenen Befürchtungen bestätigten sich: Gestern, kurz nach der Ankunft der Großeltern Christiansen für das Weihnachtsfest, wurde die Witwe Smidt auf der Hausterrasse gesehen. Ausgerechnet Lotte hat sie erblickt und in einem Anfall von Hysterie das ganze Haus zusammengeschrien.

Sofort gab Alfred Christiansen senior die Anweisung zum Packen und dem Aufbruch zum Gut, da es dort im Umkreis von fast drei Kilometern kein Gewässer gibt, das für einen Menschen gefährlich werden könnte. Herr Christiansen nahm die *Dame Blanche*, damit wir alle gemeinsam fahren konnten. Er lenkte sie selbst, der alte Wilhelm und der Bursche Richard blieben zurück. Die Eltern von Florence Christiansen reisen nämlich zum Weihnachtsfest aus England an, ihr Dampfer kommt gerade die Elbe hinauf und wird am Morgen des ersten Weihnachtsfeiertages in Hamburg festmachen. Der alte Wilhelm und Richard werden sie dann dort vom Anleger abholen und ebenfalls zum Gut Binsenredder hinaus bringen.

Wir sind nun auf dem Gut, und es ist ununterbrochen jemand bei Alfred junior um Sorge dafür zu tragen, dass der Junge nicht einmal beim Bad in der Zinkwanne zu Schaden kommt.

Ich fürchte, uns steht ein sehr unbequemes Weihnachtsfest bevor, doch wenn der Junge das Fest unbeschadet übersteht, ist der Fluch vielleicht gebrochen, und wir alle werden dankbar sein.

Ich hoffe, dass dir dieser Brief schnell genug zukommt, um dich nicht länger als nötig im Unklaren darüber zu lassen, was aus mir geworden ist. Ich hoffe auf ein rasches Wiedersehen, sobald wir nach Altjahrsabend an die Elbchaussee zurückgekehrt sind.

Deine Clara

Gut Binsenredder
am 26. Dezember 1898

Liebste Martha,

Furchtbares hat sich zugetragen. Der Feiertag hatte besinnlich begonnen. Herrschaften und Personal beteten zunächst gemeinsam und sagen einige Weihnachtslieder, ehe alle sich zum gemeinsamen Frühstück niederließen, wie es im Haus Christiansen zu den Weihnachtstraditionen gehört. Dann nahm der Tag einen ganz normalen Lauf: Die gnädigen Herrschaften, die Hauslehrerin und ich verbrachten mit den Kindern einige Zeit bei fröhlichen Spielen, und das übrige Personal bereitete die Festtafel für den Abend vor.

Für drei Uhr am Nachmittag wurde die Kutsche erwartet, mit der Wilhelm und Richard das Ehepaar Asherson bringen sollte. Doch sie kam nicht.

Erst nach der Teestunde, die eine stille, angsterfüllte Angelegenheit war, hörten wir Pferdehufe in den Hof galoppieren. Zu unserer Überraschung gehörten sie zu nur einem Pferd, dabei sollte Wilhelm doch den zweispännigen Landauer nehmen. Noch größer war unsere

Überraschung, als wir sahen, dass der Kutscher der Familie Loesner vom Nachbaranwesen der Christiansens eingetroffen war.

Mit ernstem Gesicht überbrachte er die schreckliche Nachricht: Richard, Wilhelms Bursche und der Sohn von Frau Mackeprang, war tödlich verunglückt. Eine streunende Katze war auf das dünne Eis des Seerosenteichs geraten. Eine Scholle brach ab und das kläglich maunzende Tier hatte keine Möglichkeit, ans sichere Ufer zu gelangen. Bei dem Versuch, die Katze zu retten, ist Richard selber eingebrochen und ertrunken. Stell dir nur vor, Martha - *ertrunken*! So ein schrecklicher Zufall, dass es ausgerechnet jemanden trifft, der mit der schrecklichen Legende nichts zu tun hat, von der ich dir in meinem letzten Brief erzählt habe!

später
Oh, bitte sieh mir nach, liebe Martha, dass ich den Brief so abrupt unterbrechen musste. Doch gerade als ich daran schrieb, ist alles noch schlimmer gekommen, als es ohnehin schon war. Herr Christiansen ist zu unser aller Überraschung bei der schrecklichen Nachricht förmlich zusammengebrochen. Alfred junior musste in stützen und brachte den schluchzenden Mann in den Jagdsalon. Er gab bekannt, für eine Weile alleine sein zu wollen um die richtigen Worte zu finden, mit denen er Frau Mackeprang das Drama schonend beibringen wollte.

Wenig später hallten zwei Schüsse durch alle Korridore. Herr Christiansen ist durch eigene Hand aus dem Leben geschieden - und stell dir vor, er hat Frau Mackeprang mit sich genommen. Im Moment kann niemand von uns auch nur erahnen, was das zu bedeuten hat, doch ich fürchte, dieses Haus wird nie wieder ein glückliches werden.

Deine Clara

An seiner Seite

Mein lieber von Belling, bei unserem letzten Gespräch über einigen Gläsern Port haben Sie sich darüber beklagt, dass meine Vita so geradlinig ist. O doch, doch, doch - leugnen Sie gar nicht erst. Sie haben bemängelt, es gäbe keine persönlichen Anekdoten, mit denen sich die Biographie, die Sie über mich zu schreiben gedenken, etwas... wie sagten Sie noch gleich... *pikanter* lesen würde.

Nun, es ist wahr, ich habe mein Privatleben immer streng für mich behalten. Warum sollte ich auch etwas an die Öffentlichkeit bringen, dessen Name schon impliziert, dass es um *das Eigene* geht?

Bei einem Abendspaziergang an der Spree habe ich gestern jedoch ein wenig nachgedacht und bin zu dem Schluss gekommen, dass es eine Episode zu erzählen gibt, die Sie vielleicht interessant finden könnten. Und, ich gebe es zu, es geschieht aus dem eigennützigen Motiv, dass ich dieses Erlebnis wenigstens einem Menschen außerhalb des sehr kleinen Kreises der Eingeweihten anvertrauen möchte, bevor für mich in nicht allzu vielen Jahren die große Endsumme des Lebens berechnet wird.

Freuen Sie sich allerdings nicht zu früh, mein lieber von Belling. Hören Sie sich zunächst an, was ich zu sagen habe. Danach überlasse ich Ihnen die Entscheidung, ob Sie es für ratsam halten, derlei in einem Buch über eine angesehene Mathematikerin unterzubringen, deren Leben überwiegend aus den Gesetzen der Ratio und Logik bestanden hat. Oder ob sie Ihren so eifrig gefüllten Stenogrammblock mit den Aufzeichnungen des heutigen Tages nicht vielleicht doch lieber den Flammen eines fröhlich flackernden Kaminfeuers übergeben wollen.

Wenn Sie von mir nach dem Abschluss unserer Gespräche den Schlüssel zu meinen Archiven erhalten und die entsprechenden Dokumente sichten, um ihrem Buch Hand und Fuß zu geben, dann werden Sie rasch feststellen, dass der Name, unter dem ich bekannt bin, nicht mein richtiger ist.

Oh, machen Sie sich bitte keine Sorgen. Ich bin keine gewiefte Betrügerin, welche die Welt über Jahrzehnte hinweg zum Narren gehalten hat. Nur kennt man mich allgemein unter meinem Geburtsnamen, dabei trage ich schon seit vielen Jahren einen Ehenamen.

Nun ist es raus. Ja, ich bin verheiratet. Doch ich habe meinen Mann seit fast vierzig Jahren nicht mehr gesehen, obwohl wir einander nach wie vor freundschaftlich verbunden sind und regelmäßig schreiben.

Ich will Ihnen erzählen, wie es dazu gekommen ist. Nehmen Sie sich ruhig noch einen Port, mein lieber von Belling. Es wird länger dauern.

Es war im Jahr achtzehnhundertzweiundachtzig. Mein Mann und ich waren erst seit wenigen Wochen verheiratet. Um es von vornherein offen auszusprechen: Es war eine reine Konvenienzehe. Mein Mann stammt aus einer der angesehenen Flensburger Familien, die Rum und andere alkoholische Getränke aus fernen Ländern importieren. In jenem Jahr, als er mit einer angemessenen Braut an seiner Seite gesellschaftlich als der baldige Nachfolger seines Vaters vorgestellt werden sollte, gab es in Flensburg nur eine einzige Kandidatin im richtigen Alter, die jedoch bereits bei einem anderem im Wort stand. Eine andere junge Dame machte sich Hoffnungen, wurde jedoch als nicht standesgemäß empfunden.

Der Vater meines Mannes besann sich auf seinen engsten Regimentskameraden, der eine Tochter hatte, die wie geeignet schien: Jung, gescheit, gebildet, redegewandt und gefällig anzusehen. So kam ich von meiner Heimatstadt Eutin nach Flensburg.

Wie bereits gesagt, wir traten nicht aus romantischen Gefühlen in den Stand der Ehe. Es war eine gänzlich zweckmäßige Erwägung unserer Väter. Doch auch wenn wir einander nicht liebten, waren wir uns seit Kindertagen kameradschaftlich vertraut und standen einander als verlässliche Ratgeber immer zur Seite. Darum waren wir durchaus nicht unglücklich, als wir vor dem Pastor am Altar standen.

Der groß gefeierten Hochzeit folgte eine mehrwöchige Hochzeitsreise nach Italien. Schließlich kehrten wir nach Flensburg zurück. Am Bahnhof erwartete uns eine Überraschung: Die bestellte Droschke brachte uns nicht in das Elternhaus meines Mannes, sondern zu einem Anleger im Hafen, wo noch heute die Liniendampfer ablegen, welche Flensburg mit mehreren Orten entlang der Förde und teilweise auch im Kleinen Belt verbinden. Mein Schwiegervater hatte für uns ein eigenes Haus in einem kleinen Küstenort bei Glücksburg gekauft. Er fand es unpassend, wenn der künftige

Direktor des Geschäfts nach der Vermählung noch wie ein Schuljunge in seinem Elternhaus wohnte. So bestiegen wir einen der Fördedampfer und kamen neben einer echten Petuhtante zu sitzen.

Sie zögern weiterzuschreiben, werter von Belling? Ah, ich verstehe - Sie wissen nicht, was eine Petuhtante ist.

Nun, es heißt, dieser Volksmundbegriff sei aus dem Französischen entstanden, nachdem die Dampferlinien auf der Flensburger Förde um achtzehnhundertsechzig eingerichtet worden waren. Glücksburg, Brunsnis, Gravenstein, Ekensund und Sonderburg sind nur einige der Orte, die seitdem tagtäglich angelaufen werden, um neben Einheimischen und Sommergästen auch Ware und sogar Vieh anzulanden.

Für die Sommersaison besteht alljährlich die Möglichkeit, sogenannte *Partout-Billets* zu erwerben, mit denen man während der ganzen Saison beliebig viele Lustfahrten auf allen Linien unternehmen kann. Es sind also Dauerkarten, die *immer* gelten - oder eben *partout,* was sich über die Jahre zu *petuh* wandelte.

Besonders beliebt sind diese Billets bei den Petuhtanten, Damen mittleren und höheren Alters der Flensburger Gesellschaft, die regelmäßig zu Fahrten bei Kaffee und *Klönsnack*, also leichten Plaudereien, zusammentreffen. Sie wissen über alles Bescheid, was sich entlang von Förde und Belt abspielt, und sprechen ausgiebig darüber. Nun, Sie können sich gewiss denken, worauf das hinausläuft, mein lieber von Belling: Wir sprechen von Klatsch und Tratsch.

Mein Mann und ich gingen also an Bord dieses Dampfers, der in wenigen Minuten zu seiner Fahrt ablegen sollte. Auf dem Oberdeck ging ich geradewegs auf eine Sitzbank zu, die eine großartige Aussicht bot, doch zugleich windgeschützt war. Mein Mann wollte mich zurückhalten, denn auf der geräumigen Bank saß bereits eine ältere Dame.

Natürlich hatte ich schon von den Petuhtanten gehört, doch an jenem Tag vor gut vier Jahrzehnten hatte ich noch keine Ahnung, zu welcher Institution sie geworden waren. Als solche hatte jede einzelne von ihnen ihren Stammplatz auf dem Schiff und verteidigte ihn notfalls mit drohend erhobenem Spazierstock!

Mein Mann nahm an, dass diese Petuhtante den Platz für ihre Freundinnen freihielt, doch sie winkte uns freundlich zu sich. "Kommen Sie ruhig", plapperte sie drauflos. "Hier ist heute frei. Katharina Poppe ist ein bisschen durch den Wind, und Annette Witt ist in Süderbrarup bei ihrer Tochter und hilft beim Großreinemachen. Die Enkelin hat bald Konfirmation."

Kaum hatten wir uns niedergelassen, legte der Dampfer auch schon ab. Mein Mann und ich kamen gar nicht dazu, den Ausblick auf die Flensburger Förde zu genießen. Die Petuhtante, die sich als Wienke Palsböll vorgestellt hatte, nahm uns sozusagen in die Pflicht, ihre abwesenden Freundinnen zu vertreten. Munter erzählte sie uns vom Kurkonzert in Langballigau oder von der Havarie eines Rumseglers vor Apenrade. Vor allem aber weihte sie uns in den ganzen Klatsch ein, der sich auf und ab der Küste erzählt wurde. Das war eine ganze Menge. Selbst mein Mann erkannte nicht alle Namen aus der unglaublichen Fülle wieder, die Frau Palsböll auftischte.

Wir waren schon eine ganze Weile unterwegs und hatten bereits an ein oder zwei Anlegern festgemacht, als sie das Gefühl überkommen zu haben schien, genug geredet zu haben. Nun richtete sie ein paar Fragen an uns. Mein Mann stellte mich vor und berichtete, dass wir auf dem Weg zu unserem Haus seien. Natürlich konnte Frau Palsböll ihre Neugierde nicht zügeln. Ich glaube, keine alte Frau, die einem frischvermählten Ehepaar über den Weg läuft, kann das. Zweifellos suchte sie auch nach neuem Klatsch, den sie auf der nächsten Fahrt ihren beiden Freundinnen berichten konnte. Darum fragte sie genauer nach, und mein Mann nannte ihr bereitwillig unsere Adresse, die er selbst erst vorhin vom Kutscher meines Schwiegervaters erfahren hatte.

"Ach, das Enkemandhus?" sagte Frau Palsböll mit hochgezogenen Augenbrauen. "Soso. Na, dann scheint ihr Familienglück ja unter einem ganz besonders guten Stern zu stehen, wenn sie sich so sicher sind, ausgerechnet dort einzuziehen. Ich wünsche Ihnen alles erdenklich Gute."

Wenig später hatte der Dampfer unser Ziel erreicht, und wir mussten von Bord.

Mein lieber Herr von Belling, ich kann Ihnen gar nicht sagen, welche Gefühle der Anblick unseres neuen Hauses in mir auslöste. Mir fehlten förmlich die Worte. Mein Schwiegervater hatte eine wunderbare weiße Villa mit großzügigen Balkonen direkt am Fördeufer erstanden, von denen man einen wunderbaren Blick auf den wirklich herrlichen Garten und den dahinter gelegenen, pittoresk geschwungenen Fjord hatte, besonders am Abend bei Sonnenuntergang. Ich neige nicht zu überzogener Romantik, doch seit meinem Fortgang aus dem Haus habe ich nie aufgehört, diesen Anblick zu vermissen.

Die vielen großen Fenster boten einen großzügigen Lichteinfall und machten das Haus mit seinen edlen, dabei aber schlichten Möbeln zu einem hellen und freundlichen Ort. Es gab eine schiere Unmenge von Räumen, die eines Tages *alle* bewohnt werden sollten, womit mein Schwiegervater uns daran erinnerte, dass eine neue Generation in der Familie erwartet wurde.

Wir wollten diesen Wunsch gerne erfüllen, doch zunächst wollten wir uns in unserem Haus richtig einleben. Wir waren dazu ganz auf uns allein gestellt. Für gewöhnlich stellte es während der Sommersaison, wenn alle Hotels und Pensionen voll belegt waren, immer ein gewisses Problem da, gut ausgebildetes Hauspersonal zu bekommen, doch dass mein Schwiegervater auch nach wochenlanger Suche überhaupt niemanden für uns bekommen hatte, war außerordentlich.

Ich will ganz ehrlich sein, mein guter von Belling: Mir selber passte dieser Umstand ganz gut, denn auch wenn meine Eltern Dienerschaft hatten, war ich doch ungeübt, Bedienstete eigenverantwortlich zu führen. Daher wollte ich mich erst mit dem riesigen Haus vertraut machen, ebenso mein Mann.

Wir fühlten uns beinahe wie damals als Kinder, wenn wir auf den Anwesen von Verwandten die stillgelegten Flügel der Wohnhäuser erkundeten. Hinter einer Tür verbarg sich Zimmer, hinter einer andern ein großzügiger Alkoven, manchmal sogar nur eine kleine Besenkammer. Eine Tür widersetzte sich allen Bestrebungen, sie zu öffnen. Vermutlich hatte sie sich verklemmt. Sie schien ohnehin nur auf den Dachboden zu führen, denn mein Mann entdeckte bei einem Blick durch das Schlüsselloch eine schmucklose Treppe nach oben. Wir beschlossen, bei Gelegenheit einen Schreiner ins Haus zu bestellen.

Schon am ersten Morgen zeigte sich, wie gut wir daran taten, uns sorgfältig mit allem vertraut zu machen. Denn wenn man sich in einem Haus nicht auskennt, warten an nahezu jeder Ecke Gefahren und Unheil. So zog ich im Keller eine Tür auf. Als ich hindurchgetreten war, schnellte die Tür mit einer enormen Geschwindigkeit zu. Ich hatte überhaupt nicht gemerkt, dass dieser Teil des Hauses so zugig war. Es war mein Glück, dass ich mich gerade nach vorn beugte, um den Schlüsselbund aufzuheben, den ich soeben fallen gelassen hatte. Denn so kam ich nur mit einem höchst unangenehmen Schlag auf meine Kehrseite davon. Als ich die Tür danach untersuchte, stellte ich fest, dass in ihrem Holz auf Kopfhöhe ein langer, Nagel steckte, vermutlich als provisorischer Haken für einen Besen oder ähnliches.

Ich muss Ihnen nicht sagen, werter von Belling, was dieser Nagel hätte anrichten können. Es erschreckte mich zutiefst. Auch wenn es sich nicht schickte, zu dieser Tageszeit bereits Alkohol zu sich zu nehmen, ging ich, etwas unstet auf den Knien, nach oben in den Salon, wo mein Mann begonnen hatte, einen Kabinettschrank mit ausgesuchten Spirituosen aus seinem Kontor zu bestücken.

Nach einem großzügig bemessenen Jamaika-Rum hatte ich das Gefühl, gefasster sein, doch schon wartete die nächste unangenehme Überraschung. Ein Ziertisch mit einer Glasglocke, unter der ich meinen getrockneten Brautstrauß ausgestellt hatte, war umgestürzt. Die Glocke war dabei geborsten, und der große, in den

Griff eingearbeitete grüne Achat hatte die Rosenblüten mit seinem Gewicht zerquetscht.

Mein lieber von Belling, Sie kennen mich. Ich neige nicht zu Sentimentalitäten, und ganz gewiss nicht zu hysterischen Ausbrüchen. Aber diese beiden Begebenheiten so kurz hintereinander waren mir scheinbar doch ein wenig an die Nerven gegangen. Denn für einen Augenblick glaubte ich, draußen vor dem Fenster eine Frau in einem kornblumenblauen Kleid zu sehen, die mir zusah. Ihr Gesicht war regungslos, hingegen schienen ihre Augen eine unendliche Traurigkeit auszustrahlen.

Doch schon einen Wimpernschlag später sah ich wieder nur die sich im Wind wiegenden Äste des Ginsterbuschs. Ich tat dies als Streich meiner Sinne als Reaktion auf den Schrecken ab und verlor später kein Wort darüber.

Mit zitternden Knien suchte ich meinem Mann auf, der im Gartenpavillon saß und Zeitung las. Er war von meinem Bericht ebenfalls sehr bestürzt. Gemeinsam rätselten wir, was den Tisch umgeworfen haben mochte. Wir kamen zu dem Schluss, dass es eine Katze gewesen sein musste, die wie auch immer ins Haus gelangt war. Um uns von dem Schrecken zu erholen, packten wir einen Picknickkorb und fuhren mit dem nächsten Fördedampfer nach Sonderburg. Dort ließen wir uns auf einer herrlichen Wiese mit Blick auf das königlich dänische Schloss nieder und verbrachten dort den Rest des Tages.

Doch schon am Abend zeigte sich, dass der unbeschwerte Nachmittag nicht ausgereicht zu haben schien, um meine Nerven gänzlich zu beruhigen. Bei Tisch griff ich nach dem Saucenlöffel, packte jedoch mitten in die Klinge des scharfen Fleischmessers. Ich musste fahrig und unaufmerksam gewesen sein, denn ich hätte schwören können, das Messer hätte woanders gelegen.

Solche kleinen Missgeschicke passierten mir in den folgenden Tagen öfter: Scheren, die mit dem falschen Ende nach vorn in Schubladen lagen. Glasscherben im Abwaschwasser, obwohl ich mich nicht erinnern konnte, ein Glas zerbrochen zu haben. Das Rasiermesser meines Mannes fand sich nicht am Waschtisch, sondern im Sack für die Wäscherei.

Das alles machte mir sehr zu schaffen. Heutzutage würde eine Frau sich ihrer Familie wahrscheinlich offenbaren, um dann zu diesem bemerkenswerten Arzt nach Wien geschickt werden. Damals jedoch behielt man solche Dinge besser für sich, wenn man nicht in einem Asyl enden wollte. Mir wurde klar, dass ich mich zusammenreißen musste. Also ging ich in den Keller, suchte nach einer Zange und entfernte den Nagel selbst. Danach fühlte ich mich bedeutend besser.

Dieser Zustand hielt nicht lange an. Heute, aus dem Abstand von so vielen Jahren betrachtet, weiß ich, dass es Vorzeichen dafür gab. Trotz des warmen Wetters war es vor jedem Ereignis ungewöhnlich kühl im Haus, fast schon eiseskalt. Und es gab Momente, in denen ich das unerklärliche Gefühl hatte, nicht allein zu sein. Doch ich hielt es für die Nachwirkungen vergangener Ereignisse, von denen ich mich nicht weiter beeindrucken lassen wollte.

Unbeirrt holte ich mir an einem besonders schönen Nachmittag einen Korb mit verschiedenen Gartenwerkzeugen aus einem kleinen Schuppen und wollte mich einem Blumenbeet widmen, in dem dringend Unkraut gejätet werden musste. Das Beet lag im Schatten eines großen Baumes, an dessen mächtigstem Ast eine Kinderschaukel angebracht war. Diese Schaukel würde auch dort bleiben, da sie in nicht allzu vielen Jahren von unseren Kindern benutzt werden sollte, doch für die Gartenarbeit war sie mir im Weg. Bevor ich damit begann, zog ich sie zur Seite und band sie sorgfältig an einem Haken fest, der genau dafür in den Baum getrieben worden war.

Als ich meinen Mann das nächste Mal sah, lag ich auf meinem Bett und hatte einen Verband um meine Schulter. Mit größter Besorgnis berichtete er mir, dass das schwere hölzerne Sitzbrett der Schaukel mich mit äußerster Wucht getroffen hatte. Vor Schmerz musste ich dann ohnmächtig geworden sein.

Ich konnte mir das überhaupt nicht erklären, mein guter von Belling. Denn ich hatte den Knoten, mit dem die Schaukel festgebunden war, auf das Sorgfältigste geprüft, dessen können Sie sich sicher sein. Zumindest meinte ich, mich genau daran zu erinnern. Daran und eine helle, weibliche Stimme. Oder war das meine eigene Stimme gewesen, als ich vor Schmerz aufschrie? Dessen war ich mir wiederum *nicht* sicher. Ich erwähnte darum auch nicht, dass ich glaubte, den Rocksaum eines kornblumenblauen Kleides gesehen zu haben, bevor sich meine Erinnerung nur noch auf einen scharfen Schmerz und Dunkelheit beschränkte.

Im Nachhinein stellte sich heraus, dass der Knoten im Haltestrick sich nicht gelöst hatte - er war durchgerissen worden. Scheinbar in rasender Wut, denn kein in sich ruhender Mensch konnte solche Kraft aufbringen. Mein

Mann stellte dies fest, als er sich die Schaukel näher ansah. Außerdem hatte er ein Damentaschentuch mit blassblau besticktem Rand gefunden. Es gehörte nicht mir.

Mit düsterer Miene berichtete mein Mann mir davon. Als ich das Lachen erwähnte, umwölkte sich sein Gesicht noch mehr. Er sagte, er glaube zu wissen, wer das getan hatte.

Sie werden sich erinnern, mein lieber von Belling, dass ich eingangs eine junge Frau erwähnt habe, die sich vergeblich Hoffnungen gemacht hatte, die eigentliche Gattin meines Mannes zu werden. Diese hatte mehrmals ihre Verbitterung kundgetan, dass aus der von ihr angestrebten Verbindung nichts geworden war. Im Vergleich mit meiner leichten Unrast hatte diese junge Dame deutlich ernstere Nervenprobleme, hatte sie doch obendrein *coram publico* verkündet, dafür zu sorgen, dass mein Mann und ich keine Ruhe finden würden.

Es hatte also einige Berechtigung, wenn mein Mann sie im Verdacht hatte, für meine Malheurs verantwortlich zu sein. Er fuhr nach Flensburg, um sie zur Rede zu stellen.

Ich blieb allein im Haus zurück. Mir war kalt und unbehaglich, denn obwohl ich meinem Mann in seiner Einschätzung der Situation zugestimmt hatte, zweifelte ich auf unerklärliche Weise daran, dass die junge Dame, so unglücklich sie auch an den Nerven erkrankt sein mochte, für meinen Unfall verantwortlich war.

Rastlosigkeit und ungeordnete Gedankengänge plagten mich. Da dies überhaupt nicht zu meinen charakterlichen Eigenschaften zählt, ließ ich mich zu etwas sehr, sehr Dummem hinreißen. Trotz ärztlichen Verbots verließ ich das Bett und ging vorsichtig hinunter in die Bibliothek, wo ein kleiner Band mit Gedichten lag, die mir in schwierigen Zeiten immer Ruhe und Trost gespendet hatten. Ich hatte den Raum kaum betreten, als ich schon sah, dass ein Bilderrahmen zerschlagen worden war. Diesmal konnte man sich das Ganze gewiss nicht mit einer Katze erklären, denn jemand hatte das Hochzeitsfoto von mir und meinem Mann aus den Trümmern gefischt. Die Hälfte, die meinen Mann zeigte, war unversehrt, doch die Hälfte mit mir war in unzählige Fetzen zerrissen worden. Scheinbar hatte mein Mann doch zu recht die Rache des verschmähten jungen Fräuleins vermutet.

Ich musste mich setzen. Ich war sehr erschöpft. Nach ein paar Minuten auf dem großen englischen Ledersofa fühlte ich mich jedoch wieder kräftig genug, um ins Bett zurückzukehren. Zudem war ich erleichtert. Es war nichts mehr zu befürchten. Wenn mein Mann zurückkehrte, würde das junge Fräulein seine Lektion erhalten haben und wir konnten endlich zur Ruhe kommen.

Langsam erklomm ich die Treppe nach oben. In der kleinen Halle, von der die Zimmer abgingen, erlebte ich den größten Schrecken meines Lebens: Mitten auf dem Fußboden lag mein Hochzeitskleid, in tausende von Fetzen zerrissen. Scheinbar mit derselben Wut, mit der auch das Sicherungsseil der Schaukel zerstört worden war. Aus den Augenwinkeln sah ich noch ein Damentaschentuch und wie sich die Tür zum Dachboden bewegte. Außerdem war ein Rasseln zu hören. Dann sah ich nur noch schwarz.

An diesem Abend saßen mein Mann und ich niedergeschlagen bei Tisch. Unsere Teller standen unberührt vor uns. Keiner von uns hatte Appetit. Es war mein Glück gewesen, dass ich in dem Moment, als ich die Besinnung verlor, nicht nach vorn, sondern zur Seite gefallen war. So hatte mich der Kronleuchter nicht unter sich begraben, als er von der Decke fiel.

Mein Mann hatte mir soeben berichtet, dass das junge Fräulein aus Flensburg nicht für all die beunruhigenden Ereignisse verantwortlich sein konnte, denn man hatte sie schon vor unserer Hochzeit in ein Pensionat in die Schweiz geschickt.

"Dennoch glaube ich", sagte er, "etwas... Verzeihung, jemand hat etwas dagegen, dass wir beide gemeinsam in diesem Haus glücklich werden."

Und nun kommt endlich der Teil, mein lieber von Belling, nach dem Sie entscheiden müssen, was Sie aus dieser Geschichte machen. Werden Sie sie mit Ihrem Buch unter die Leute bringen oder... Verzeihung, ich schweife ab. Ich sollte Sie nicht länger auf die Folter spannen.

Die Worte meines Mannes hallten lange in mir nach. Ich kann mir bis heute nicht erklären warum, doch sie brachten mir andere Worte zurück, die ich vor noch nicht allzu langer Zeit gehört hatte. Sparen Sie sich das Blättern in ihren Aufzeichnungen. Ich werde ihr Gedächtnis auffrischen: "Dann scheint ihr Familienglück ja unter einem ganz besonders guten Stern zu stehen, wenn sie sich so sicher sind, ausgerechnet dort einzuziehen."

Ich fragte mich, was damit gemeint gewesen sein mochte - *ausgerechnet dort* und *sorgfältig abgewogen*? Hatte es überhaupt eine Bedeutung? Ich traute meinem eigenen Menschenverstand nicht mehr über den Weg.

Nach einer schlaflosen Nacht hatte ich meine Entscheidung getroffen. Am Morgen brachte ich meinen Mann zum Anleger des Fördedampfers. Nach seiner Abfahrt wartete ich auf das nächste Schiff, um selbst nach Flensburg zu reisen. Dort angekommen, hielt ich einen Gepäckträger der Dampfergesellschaft an und fragte ihn nach Frau Palsböll. Diese Bediensteten kannten die Stammgäste der Schiffe genau.

"Die Palsböll?" fragte der Gepäckträger unwirsch. "Was wollen Sie denn von der? Die hat doch nicht mehr alle Tassen im Schrank. Tut so, als würde sie immer noch mit ihren Freundinnen schnacken. Dabei sind die längst tot."

Da der Mann, ein echtes Original an der Flensburger Hafenkante, an niemandem jemals auch nur ein gutes Haar ließ, ignorierte ich seine Einschätzung von Frau Palsbölls Charakter. Unbeirrt und sehr energisch wiederholte ich meine Frage. Mürrisch machte er eine Kopfbewegung. "Ist gerade dorthin gegangen."

Es dauerte dann auch nicht lange, bis ich Frau Palsböll gefunden hatte. Sie war gerade auf dem Weg zu "ihrem" Dampfer für eine weitere Fahrt auf der Förde. Ohne Zögern ließ sie sich von mir in eine Konditorei an der Hafenpromenade einladen. Schon meine eigentlich harmlose Ankündigung, dass ich mit ihr reden müsse, hatte sie neugierig gemacht. Wie bei jeder alten Frau, in deren Leben nicht mehr viel geschah.

In dem Moment, als ich zu sprechen beginnen wollte, kam ich mir sehr töricht vor, das kann ich Ihnen versichern, mein lieber von Belling. Ausgerechnet ich, die immer Wert auf nüchterne, belegbare Fakten belegt hatte, war im Begriff, auf ein Gefühl hin eine schwatzhafte Dame nach etwas auszuhorchen, von dem ich schon ahnte, dass es mich nicht zum Ziel führen würde. Doch für eine Umkehr war es jetzt zu spät.

Die Petuhtante zögerte, machte fahrige Versuche des Abwinkens - ich solle nicht auf eine alte Frau hören, mit der gelegentlich die Pferde durchgingen. Sie bat vielmals um Verzeihung, "so einen Aggewars" angerichtet zu haben.

Ich ließ mich nicht beirren und sagte ihr auf den Kopf zu, dass ich mich noch genau an ihre Worte erinnere. Leider wurde mein energisches Auftreten durch einen Nieser gestört. Als ich mir die Nase putzte, erbleichte Frau Palsböll.

"Das Taschentuch mit der blauen Spitze... Soweit ist es schon?

"Was meinen Sie damit?"

"*Szünde*", wisperte sie, mehr zu sich selbst. "Und ich hatte so gehofft, dass Sie und Ihr stattlicher Mann glücklich in diesem schönen Haus werden würden."

Ich versicherte Frau Palsböll, dass ich mit meinem Mann gerne sehr glücklich wäre, doch das würde uns nur gelingen, wenn wir uns einen Reim auf die Ereignisse der letzten Zeit machen konnten. Sie sah mich fragend an. Ich berichtete ihr, was geschehen war. Mit jedem meiner Worte wurde sie weißer im Gesicht.

Ich brachte sie schließlich zum Reden. Ich habe ihre Worte nie vergessen, sie haben sich in mein Gedächtnis eingebrannt. Was Sie jetzt zu hören bekommen, mein lieber von Belling, ist Wort für Wort, Buchstabe für Buchstabe genau das, was Frau Palsböll an jenem Mainachmittag zu mir sagte:

"Sie, mein Kind, wohnen mit ihrem Mann im Enkemandhus. Das ist Dänisch und heißt *Witwerhaus*. Seit es vor vielen, vielen Jahren gebaut wurde, sind dort mehrere junge Paare eingezogen. Bei jedem von ihnen ist der Hausherr nach weniger als drei Monaten Witwer gewesen. Man erzählt sich, dass Henrik und Grethe Bjerringsgaard daran schuld sind. Das Haus ist für die beiden gebaut worden. Aber sie waren kein glückliches Paar. Beide hatten sie andere Menschen, denen sie gut waren, doch ihre Eltern zwangen sie zu der Hochzeit. Es ging um Geld und einen guten Stand bei den Leuten. Niemand wollte wissen, ob sie sich liebten. Und das war nicht so. *Sʒünde*. Was diese armen Menschenkinder miteinander verband, war einzig das Leid des Zwangs, aus dem es kein Entkommen gab. Sie waren so unglücklich, dass sie eines Tages beschlossen, gemeinsam aus dem Leben zu scheiden. Im Dachgebälk machten beide mit dem Strick ihrem Leben ein Ende. In ichrem Abschiedsbrief hatten sie geschrieben: *Dieses Haus soll für den, der uns nachfolgt, ein glückliches Haus werden. Das kann nur sein, wenn der neue Hausherr jemanden mitbringt, der wirklich zu ihm gehört. Ein Hausherr mit dem falschen Menschen an seiner Seite wird sein Glück hier nicht finden. Er wird es auch woanders nicht finden. Doch nur hier können wir es ihn lehren. Wir werden dafür Sorge tragen, dass die falsche Person an seiner Seite verschwindet.*"

Mein lieber von Belling, Sie können sich vorstellen, dass ich an diesem Punkt genug gehört hatte. Ich sah nicht, wo dieses Geschwätz hinführen sollte. Ich wollte den Kellner zum Zahlen herbeiwinken, doch Frau Palsböll bat mich, ihr bis zum Ende zuzuhören.

Auf einmal tat die alte Frau mir leid. Sie kam wohl wirklich kaum dazu, mit jemand anderem zu sprechen.

Also blieb ich, und Frau Palsböll fuhr mit ihrer Erzählung fort: "Die Leute redeten natürlich. Das tun sie immer. Schauen sie nur mich und die anderen Petuhtanten an, Kind. Wir sabbeln in einem fort.

Auch über die Bjerringsgaards wurde geredet. Es hieß, dass Henrik seine Frau gegen ihren Willen gezwungen hätte, mit ihm aus dem Leben zu scheiden. Er hätte zuerst zugesehen, wie sie sich aufgeknüpft hat, dann ist er ihr ins Jenseits gefolgt. Woher die Leute das wissen wollten, kann ich mir nicht vorstellen. Aber es war wohl nicht unmöglich. Henrik Bjerringsgaard hatte schon immer einen üblen Ruf für seinen Jähzorn und seine Gewalt gehabt. Es hieß auch, er habe Grethe in den Jahren ihrer Ehe immer wieder seine Wut über die Ausweglosigkeit ihrer Lage spüren lassen.

Nach der Beisetzung stand das Haus für das Trauerjahr leer. Danach verkaufte der alte Bjerringsgaard das neue Haus und ein junges Paar zog ein. Noch bevor ein Jahr vergangen war, hatten drei junge Paare das Haus bezogen - und der Mann hatte es wenig später als Witwer wieder verlassen. Dadurch bekam das Haus seinen Namen, Enkemandhus.

Von allen Männern hörte man hinterher, sie seien in ihren Ehen nicht glücklich gewesen. Nur ein Paar lebte über fünf Jahre in dem Haus, und es war für jedermann offensichtlich, dass dieses Paar wirklich zueinander gehörte. Dann hörten sie die Wundergeschichten von dem schnellen Reichtum, den man in Amerika finden konnte, und gingen fort.

Schon beim ersten neuen Paar danach begann der Todesreigen von vorn. Die Leute begannen wieder zu reden. Die Frauen hatten merkwürdige Unfälle. Manchmal schlimm, manchmal harmlos. Bei den schlimmeren kamen sie immer gerade mit dem Leben davon, und immer fand man hinterher zerstörte Dinge und ein Damentaschentuch mit blassblauer Spitze. Die Leute sagten, Grethe Bjerringsgaard hätte es hingelegt. Als Warnung. Zum Schluss brachten sich die Frauen selber um. Knüpften sich am selben Dachbalken auf wie damals die Bjerringsgaards. Es heißt, das sei dann das Werk von Henrik gewesen, weil Grethe es nicht geschafft hatte, diese armen Frauen rechtzeitig zu vertreiben. Bei ihnen fand man eine rote Nelke. Rote Nelken sollen das einzige gewesen sein, was Henrik gemocht... Oh, *Sünde!* Kind, sagen Sie mir - haben sie schon die rote Nelke gesehen? Wenn nicht, haben Sie noch Zeit. Verlassen Sie das Haus so schnell wie möglich und kommen Sie nie wieder zurück!"

An dieser Stelle beendete ich das Gespräch wirklich. Der Gepäckträger hatte offenbar recht gehabt. Frau Palsböll mochte eine reizende Dame sein, doch leider war sie bereits Opfer von altersbedingter Geistesverwirrung geworden.

Niedergeschlagen fuhr ich zurück nach Hause. Ich musste mir einen neuen Weg ausdenken, um zu lüften, warum man mich und meinen Mann verjagen wollte. Denn in diesem einen Punkt gab ich Frau Palsböll recht: Man wollte uns verjagen. Dessen war ich mir sicher. Doch natürlich konnte es nur um etwas gehen wie eine ungeklärte Erbschaftsangelegenheit der Vorbesitzer oder Schereien mit dem Grenzstein zum Nachbargrundstück. Ich beschloss, mich in den nächsten Tagen beim Grundbuchamt zu informieren, wie es sich mit den Besitzverhältnissen rechts und links unseres

Grundstücks am Fördeufer verhielt.

Zuhause angekommen, ging ich sofort nach oben, um meine Kleidung zu wechseln. Ich legte mir ein frisches Kleid auf meinem Bett zurecht und ging dann ins Badezimmer, um mich zu erfrischen. Als ich ins Schlafzimmer zurückkehrte, lag auf dem frischen Kleid eine rote Nelke. Verärgert ging ich in den Flur hinaus, um den Übeltäter dieses bösen Streichs zu stellen. Doch da war niemand. Nur die Tür zum Dachboden stand offen. Ich ging hindurch und erklomm die Stufen. Oben angekommen, sah ich an einem Balken eine Galgenschlinge hängen. Darunter stand ein Stuhl bereit.

An dieser Stelle will ich meine ohnehin schon viel zu lange Erzählung abkürzen, mein guter von Belling. An der Tatsache, dass wir nun schon mehrere Wochen lang jeden Tag für ihr Buch miteinander plaudern, erkennen Sie, dass die rote Nelke für mich nicht den Tod bedeutet hat.

Ich will aber nicht bestreiten, dass ich an jenem Tag vielleicht doch an diesem Galgen gehangen hätte, denn als ich auf dem Dachboden stand, fühlte ich mich innerlich regelrecht dazu getrieben. Ich hatte das Gefühl, jemand würde mir unter die Schultern greifen und mich auf den Stuhl heben wollen.

Gerettet hat mich mein Mann. Er kam an diesem Tag früher heim, weil er sich Sorgen um mich machte. Als er sich unserem Haus näherte, sah er an einem der Fenster eine Frau in einem kornblumenblauen Kleid stehen. Er wusste, was das bedeutete, denn er hatte seinerseits von der Geschichte des Enkemandhus erfahren. Der Bootsmann auf dem Fördedampfer, mit dem stets heimkam, hatte es ihm erzählt. Mein Mann stürmte ins Haus und konnte mich gerade noch rechtzeitig vor dem Schicksal der anderen Frauen bewahren. Ich hatte den ersten Fuß bereits auf den Stuhl gesetzt.

Auch wenn es gegen unsere Natur war, nahmen wir die Angelegenheit ernst. Denn Geschwätz der einfachen Leute ist eine Sache, mein lieber von Belling. Etwas am eigenen Leibe zu erleben, ist jedoch etwas ganz anderes. Da ist es auch völlig gleichgültig, wer oder was dahintersteckt.

Darum trafen wir eine schwere Entscheidung. Mein Mann stattete mich großzügig mit Geld aus, so dass ich das Enkemandhus verlassen konnte. Ich nahm meinen Mädchennamen wieder an und ging zunächst nach Zürich, wo ich Mathematik studierte. Meinen weiteren Werdegang seit dieser Zeit kennen Sie ja bereits.

In Flensburg ließen wir verlauten, dass ich in eine der deutschen Kolonien in Afrika gegangen sei, um meine - gänzlich erfundene - jüngere Schwester zu pflegen, die nach einem Unfall gelähmt sei. Dadurch konnten wir offen lassen, ob ich jemals zurückkehren würde.

Mein Mann lebt immer noch in dem großen Haus. Er ist bei bester Gesundheit und offenbar sehr zufrieden, wie seinen regelmäßigen Briefen entnehmen darf. Er ist auch nicht allein. Es war meine Idee, dass er sich seinen alten Schulkameraden zur Gesellschaft ins Haus holte. Er hat sie nur zu gerne angenommen. Warum sollte ein Mann auch nicht seine Tage und mit seinem besten Freund teilen? Dem wirklich *allerbesten*. Sie verstehen gewiss, was ich meine, wir sind hier schließlich im weltoffenen Berlin.

Gut.

Dann muss ich wohl auch nicht mehr erwähnen, dass

rote Nelken und Taschentücher mit blassblauem Spitzenrand seitdem nie wieder im Enkemandhus aufgetaucht sind?

Ich dachte es mir.

Nun, mein lieber von Belling, das war sie also, die *pikante* Anekdote, nach der Sie so gedürstet haben. Ich bin gespannt, was Sie daraus machen. Noch ein Glas Port?

Rummelpott

144. Reisetag, abends
Die Dämmerung ist hereingebrochen. Es ist unbeschreiblich heiß. Der Schweiß rinnt in Strömen an mir hinab, jeder Fetzen Kleidung ist zuviel. Das Schiff tanzt auf der Dünung des Wassers. Die Ankerkette gibt scheppernd nach und zieht wieder an, das Holz des Ankerspills knarzt und stöhnt. Bald wird der Kapitän den Befehl geben, das schwere Stück Stahl, das unser Schiff in der kleinen Bucht gehalten hat, einzuholen. Es wird für einen Moment nur noch das Schlagen der Wellen gegen den Rumpf zu hören sein, begleitet von laut gerufenen Kommandos, bis schließlich die Dampfmaschine alles übertönen wird. Die Schraube wird sich zu drehen beginnen und langsam nehmen wir Fahrt auf zu unserem nächsten Ziel.

Wo waren wir heute? Tuvalu? Samoa? Mata-Utu? Ich weiß es nicht. Als wir vor knapp zwei Wochen in Brisbane waren, um Kohle und Proviant zu bunkern, war noch alles allerbest. Jede Seemeile, die mich von Lübeck, von Hamburg, überhaupt von Europa fortbrachte, gab mir ein bisschen Ruhe zurück. Doch in Nouméa, dem ersten Hafen auf unserer Südseerundreise von zwei Monaten, ehe es nach Brisbane zurückgeht, hat mich alles wieder eingeholt. Tausende Meilen von zuhause entfernt war es plötzlich wieder da. Das Geräusch. Dieses verdammte, fürchterliche Geräusch, das ich so sehr hinter mir lassen wollte. Ich weiß nicht, wie die Eingeborenen es machen, sicherlich anders als bei uns in der zivilisierten Welt. Doch es klingt genauso, und es raubt mir den Verstand. Auf jeder Insel, die wir auf dieser verfluchten Südseereise anlaufen, dringt es mir an die Ohren, und wenn nicht bald... Der Himmel allein weiß, was dann geschieht.

Auch jetzt höre ich es über die Geräusche der Männer oben an Deck hinweg. Wenn der Kapitän doch nur endlich Befehl zum Anker lichten geben würde!

Ruhig, alter Freund, ruhig. Vielleicht soll es so sein. Vielleicht sollst du es hören, damit du dich auf alle Einzelheiten der Ereignisse besinnen kannst, die dieses Geräusch dir zurückbringt.

Besinnen können... Als ob ich es je *vergessen* könnte! Jede Sekunde hat sich in meinem tiefsten Inneren eingegraben, als wäre sie gerade erst verstrichen, und quält mich ohne Unterlass. Trotzdem will ich es aufschreiben. Ich *muss* es tun.

Es begann im vorletzten Jahr. Ich war in Lübeck als leitender Kontorist bei einer Reederei angestellt, die eine regelmäßige Linienfahrt zwischen Travemünde und Ystad einrichten wollte, um so den Handelsverkehr nach Südschweden zu beschleunigen. Ein Trajekt für die Beförderung von Eisenbahnwagen wurde gerade auf einer Werft am Öresund gebaut, während in den beiden Häfen die Anleger entstanden.

Travemünde erlebte in jenem Jahr eine enorme Blüte. Als Seebad erlangte es zunehmende Bedeutung für

Erholungsuchende, und neben unserem Haus bereiteten noch andere Reedereien Dienste nach Skandinavien vor. Zudem legten von hier die Dampfer mit Sommerfrischlern in die Seebäder längs der Küste bis Fehmarn hinauf ab.

Meine Aufgaben führten mich zuerst nur gelegentlich, dann immer öfter in unser lokales Kontor in Travemünde, und ich verliebte mich regelrecht in diesen idyllischen kleinen Ort. Immer öfter verspürte ich den Wunsch, künftig hier zu leben, so nah am Wasser und umgeben von den Opernsängern, Schriftstellern und anderen gebildeten, vermögenden Menschen, die es sich leisten konnten, ihre Kaffeestunde im noblen Kurhaus zu nehmen. Mir sagte das Weltmännische zu, das der Ort bekommen hatte. Endlich sah man bei der Wochenendpartie nicht mehr nur die ewig gleichen Gesichter aus Lübeck.

Um hier dauerhaft zu wohnen, brauchte man freilich Geld. Nun, ich hatte es aufgrund meiner beruflichen Position. Ich verdiente ansehnlich und war schon recht früh in der Lage, mich auf die Suche nach etwas Passendem zu machen. Nach den Kontorstunden blieb ich meistens noch im Ort, bis abends der vorletzte Zug zurück nach Lübeck fuhr. Ich aß etwas in einem Restaurant an der Hafenpromenade und streifte danach durch die verträumten Straßen des kleinen Badeorts.

Auch an den Wochenenden verbrachte ich oft meine Zeit hier. Eines Tages - ich weiß noch genau, es war der 25. Mai - fand ich endlich, was ich suchte. In der Gegend zwischen der Meierei am Brodtener Kirchenstieg und dem Calvarienberg stieß ich auf ein kleines, stolzes Haus mit einem herrlichen gepflegten Garten.

Sofort konnte ich mich vor meinem geistigen Auge dort beim sonntäglichen Kaffee an einem gedeckten Tisch im Garten sitzen sehen... mich und eine zukünftige Braut.

Eine Braut gab es schon in meinem Leben, doch es verstand sich von selbst, dass ich mehr brauchte als nur meine ehrenwerte Position und ein gut gefülltes Sparkonto, ehe ich es wagen konnte, die Eltern um die Hand ihrer Tochter zu bitten. Dieses Haus würde mich zu einer guten Partie machen. Wenn ich dann durch meine Eheschließung in eine der angesehensten Familien der Hansestadt Lübeck eingeheiratet hatte, würde mein Vater vielleicht auch einsehen, welcher Fehler es gewesen war, mich als "eigensinnigen Taugenichts" aus meinem eigenen Elternhaus zu verbannen.

Ich zog sofort Erkundigungen über das Haus ein. Eine Schulmeisterwitwe wohnte dort mit ihrem Sohn. Ich machte der Dame meine Aufwartung und bot ihr eine großzügige Kaufsumme an. Mich erstaunte, mich welcher Energie und Entrüstung die alte Dame ablehnte. Sie dachte nicht daran, das Heim ihres verstorbenen Mannes aufzugeben. Auch meine taktvoll angebrachten Bedenken, dass sie aufgrund ihrer Betagtheit wohl bald nicht mehr in der Lage sein würde, die Treppen zu den Kammern im oberen Geschoss zu erklimmen, vermochten sie nicht umzustimmen.

Sie redete sich so in Rage, dass ihr Sohn, aufgescheucht von dem Lärm, auftauchte, und mich unter Ausstoß übelster Beschimpfungen vom Grundstück jagen wollte. Er drohte mir sogar Prügel an. Ich überlegte, ob ich dem Lümmel einen Denkzettel verpassen sollte, hatte ich mich doch seiner Mutter auf tadellos respektvolle Weise erklärt. Er war jedoch genau so groß und kräftig gebaut wie ich, so dass eine Schlägerei auch zu meinem Nachteil hätte ausgehen können.

Ich trat den Rückzug an. Dabei machte ich mir Gedanken über mein weiteres Vorgehen. Es war wohl das Beste, einfach ein paar Vorbereitungen zu treffen, um dann auf die Zeit zu bauen. Die Schulmeisterwitwe war wirklich nicht mehr die Jüngste, sie würde nicht ewig leben. Zudem wirkte ihr Sohn mit seinem wilden Äußeren nicht wie jemand, der in der Lage war, einen Verdienst zu erarbeiten, der es ihm möglich machen würde, das Haus danach zu halten. Ich musste mich nur in Geduld üben.

145. Reisetag, kurz nach Mitternacht
Noch immer liegen wir in der Bucht, noch immer hat der Kapitän den Befehl zum Aufbruch nicht gegeben. Himmelherrgott, was hält ihn nur davon ab? Das Geräusch, dieses alles durchdringende Geräusch dringt stärker denn je zu uns herüber. Es scheint mich nun sogar körperlich zu erreichen. Es fühlt sich an, als würde mein ganzer Leib davon widerhallen.

Trinken. Trinken. Ich muss etwas trinken, bevor ich weiterschreibe. Das habe ich vorher vergessen. Vielleicht quält mich das Geräusch deswegen so.

Ja, ich glaube, so geht es. Weiter, alter Junge, du kommst nicht zur Ruhe, bis du alles aufgeschrieben hast.

Nun denn.

Am Ende zahlte sich meine Geduld tatsächlich aus. Im Februar des folgenden Jahres wurde das Haus frei, worauf ich es umgehend kaufte, und im April machte ich mit meiner Friederike Hochzeit. Die Hochzeitsreise ging nach Sylt, und am 25. Mai, genau ein Jahr, nachdem ich das Haus - *mein* Haus - zum ersten Mal gesehen hatte, zogen wir ein.

Es wurde ein Eheleben ganz nach meinen Vorstellungen. Meine Schwiegereltern waren regelmäßig zu Besuch, lobten meine Arbeit und betonten immer wieder, welch erfreuliche Wahl meine Frau bei ihrem Bräutigam getroffen hatte. Im Gegenzug besuchten ich und meine Frau die Schwiegereltern regelmäßig in ihrem noblen Haus in Lübeck mit Blick auf die Trave und verkehrten in den besten Kreisen der Stadt. Auf Umwegen erfuhr ich, wie sehr mein Vater über meinen Aufstieg mit den Zähnen knirschte. So sollte es sein.

Doch leider währte unser unbeschwertes Glück nicht lange. Noch vor dem Herbst, kaum ein halbes Jahr nach unserer Hochzeit, fielen Schatten über uns. Meine Schwiegermutter wurde schwer krank und musste für längere Zeit in ein Sanatorium in die Schweiz. Natürlich sollte meine Frau sie begleiten, wie es sich für eine gute Frau gehört, die ihre Pflichten als Gattin und Tochter kennt.

Am großen Reisetag, dem fünften September, brachte ich beide Frauen zum Bahnhof der Lübeck-Büchener Eisenbahn, von wo aus sie nach Genf aufbrachen. Obwohl mein Vorgesetzter mir den ganzen Tag freigegeben hatte, ging ich nach der Abfahrt des Zuges ins Kontor und erledigte meine Aufgaben. In wenigen Wochen sollte unser Trajekt geliefert und der Dienst nach Ystad eröffnet werden. Ich konnte es nicht mit meinem Pflichtbewusstsein vereinbaren, in einer solch wichtigen Zeit Arbeit liegen zu lassen. Meine Reputation hing davon ab.

Am Abend kehrte ich nach Travemünde zurück. Wie jeden Tag stieg ich nicht am Hafenbahnhof aus, sondern fuhr bis zum Strandbahnhof weiter und gönnte mir zunächst einen Spaziergang über die Strandpromenade, ehe ich den Weg zu meinem Haus einschlug.

Mit meiner Frau hatte auch eine Haushälterin Einzug bei uns gehalten, die allerdings nicht bei uns im Haus lebte, sondern jeden Abend zu ihrer Familie ging. Darum wartete bei meiner Ankunft ein kaltes Abendessen auf mich, das Emma mir in die Speisekammer gestellt hatte. Danach ließ ich mich mit einem Glas Wein auf der kleinen Bank unter dem Rosenbogen in unserem Garten nieder, ehe ich mich mit einem Buch in mein Studierzimmer zurückzog.

Ich weiß nicht mehr genau, wie ich es bemerkt habe, doch irgendwann wurde ich eines merkwürdigen Brummens gewahr. Es klang, als würde jemand mit einem feuchten Finger über eine kalte Fensterscheibe fahren und dabei versuchen, einen Rhythmus zu finden.

Ich konnte hinterher nicht mal sagen, wie es angefangen hatte. Es war einfach da. Ich ging hinaus in die Diele, wo der Fernsprechapparat hing. Den Anschluss hatte mein Schwiegervater mir zur Hochzeit geschenkt, damit meine Friederike den Kontakt zum Elternhaus halten konnte. Das Gerät hatte manchmal die Angewohnheit, ungewöhnliche Geräusche von sich zu geben, doch an diesem Abend war es nicht die Ursache. Ich suchte das ganze Haus ab, konnte jedoch nichts finden. Nach einer Weile verstummte das Geräusch und ich konnte zu Bett gehen.

Von nun an wiederholte sich das Spiel allabendlich. Ich merkte rasch, dass es immer zur selben Zeit auftrat: Um genau siebzehn Minuten vor zehn begann es und dauerte gut zwanzig Minuten. Das war alles, was ich herausfinden konnte. Obwohl ich das Haus jedes Mal aufs Neue von oben bis unten auf den Kopf stellte, konnte ich beim besten Willen nicht herausfinden, woher es kam.

Es raubte mir allmählich den Verstand. Es wurde mir unmöglich zu Bett zu gehen, ehe das Geräusch sich seine Zeit genommen hatte. Selbst danach bekam ich kein Auge zu. Das quietschende Scharnier eines offenen Fensters, das sich im Wind beweget. Das Knarren der alten Holzfußböden. Der Ruf von Möwen aus der Ferne. Alles lies mich zusammenfahren, weil ich fürchtete, das Geräusch würde erneut beginnen.

Schon bald hatte diese Situation Auswirkungen auf meine Gesundheit. Meine Nerven waren zerrüttet. Ich ging übermüdet ins Kontor und erledigte meine Arbeit mit nachlassender Zuverlässigkeit, so dass der Direktor mich alsbald streng rügte.

Dann las ich mehrere Artikel über den Bau von Funk- und Telegrafenstationen. In Travemünde wurde gerade eine solche Station für den immer wichtiger werdenden Seefunk der Schiffe gebaut. Ich verstand nur einen Teil der sehr technisch klingenden Berichte, doch es war genug, um in mir den Verdacht zu nähren, das Geräusch könnte irgendwie durch diese neue Anlage ausgelöst worden sein. In zwei Wochen sollte sie fertig sein und dem Betrieb übergeben werden. Störungsfrei, versteht sich.

Ich berichtete meinem Schwiegervater davon, der

sofort bereit war, mich für den Rest dieser überschaubaren Zeit in seinem Haus aufzunehmen. So logierte ich bei ihm Lübeck, wobei ich mich prächtig von den Strapazen der vergangenen Wochen erholte. Ich fühlte mich wieder frischer, und auch im Kontor war man wieder mit mir zufrieden.

Nach der Inbetriebnahme der Funkstation wartete ich zur Vorsicht noch drei weitere Tage, ehe ich in mein Haus zurückkehrte. Ich war guter Hoffnung und hatte wieder verworfen, mich mit dem betrüblichen Gedanken vertraut zu machen, das Haus, mein wunderschönes Haus, für dessen Erwerb ich so viele Mühen und Strapazen auf mich genommen hatte, bald veräußern zu müssen. Denn meiner Friederike wollte ich diese nervenaufreibende Störung nach ihrer Rückkehr nicht eine einzige Minute lang zumuten.

Doch all mein Hoffen sollte sich als verfrüht erweisen. Denn um Punkt siebzehn Minuten vor zehn Uhr war das Brummen wieder da. Ich goss mir gerade das zweite Glas Wein ein, als es begann. Vor Schreck ließ ich das Glas und die Flasche fallen, die rote Flüssigkeit ergoss sich wie Blut über das weiße Laken des Esszimmertischs. Ich heulte wie ein vom Schrot aus der Flinte getroffener Hund auf und brach schluchzend zusammen.

Jawohl, ich schluchzte. Als gestandener Mann sollte ich das eigentlich nicht zugeben, doch ich habe mir geschworen, die *ganze* Geschichte zu erzählen. So sehr es mich auch quält.

Oh, und wie es mich quält. Immer noch höre ich hier in der Südseenacht dieses brummende Geräusch, es will und will einfach nicht enden. Herr im Himmel hilf!

Wenn doch der Kapitän nur endlich den Befehl zum Aufbruch geben würde.

Halt! War das nicht gerade seine Stimme? Nein, nein... nein... neinneinnein. Alles ruhig. Zu ruhig. Was ist das? Sind alle fort? Bin ich hier alleine?

Doch nicht, da war gerade der unverkennbare Bass unseres Ersten Offiziers.

Ich darf mich nicht in die Irre lenken lassen. Ich muss weiter erzählen.

Alle Hoffnung auf ein glückliches Leben in meinem Haus schien also zerstört. Was sollte ich nur meiner Friederike sagen?

Als das Geräusch wieder verstummte, war ich zu kraftlos, um zu Bett zu gehen. Ich blieb auf dem Fußboden vor dem Esstisch liegen und schlief ein.

Am nächsten Morgen meldete ich mich im Kontor krank. Danach wollte ich in Ruhe meine Pläne schmieden, wie es weitergehen sollte. Doch ich kam nicht dazu. Nachdem ich die Verbindung des Fernsprechers getrennt hatte, legte ich mich im Wohnzimmer auf das Sofa und schlief ein. Irgendwann am späten Nachmittag wurde ich durch ein Klopfen geweckt. Verärgert wunderte ich mich, warum Emma nicht öffnete, doch dann fiel mir ein, dass heute ihr freier Tag war. Ich ging selber zur Tür und öffnete.

Vor mir stand eine Frau, die früher einmal eine gewisse Schönheit gehabt haben musste. Doch sie sah alt und verwelkt aus, dabei konnte sie kaum zwanzig sein. Wohl eine Bettlerin. Ich wollte sie mit einem harschen Befehl verjagen, doch sie war schneller. Schon beim ersten Ton war ich von dem gebildeten Tonfall überrascht. "Sind Sie der Hausherr? Cassen Bullerdiek?"

Ich nickte.

"Bitte verzeihen Sie mir, dass ich Sie so unangekündigt aufsuche, werter Herr Bullerdiek. Sie müssen einen anstrengenden Arbeitstag gehabt haben und seien Sie versichert, dass ich Sie nicht lange behelligen werde."

"Wer sind Sie?" fragte ich verwirrt. Diese seltsame Person schien mich zu kennen, doch mir war sie völlig unbekannt. Ich lebte nun lange genug in Travemünde, um alle Einheimischen zu kennen. Sie gehörte nicht hierher.

"Mein Name ist Elsabe Averbrook. Meine Mutter und mein Bruder haben dieses Haus vor Ihnen bewohnt."

Ich erschrak. Die Schulmeisterwitwe hatte noch eine Tochter gehabt, und obendrein ein so junges Menschenkind. Das hatte ich nicht gewusst.

Ich brauchte einen Moment, um mich zu sammeln, dann fragte ich: "Und was kann ich für Sie tun?"

Elsabe Averbrook senkte verlegen den Blick. "Es ist mir höchst peinlich, als Bittstellerin zu kommen. Doch in diesem Haus müsste sich noch ein altes Familienstück befinden. Ich hoffe, Sie halten mich nicht für unmäßig oder gar impertinent, wenn ich Sie ergebenst darum bitte, es als Erinnerungsstück haben zu dürfen."

"Das Haus war leer, als meine Frau und ich eingezogen sind. Hier gibt es nichts mehr von den Vorbesitzern."

Die junge Frau rang sich ein schwaches Lächeln ab. "Nein, Herr Bullerdiek, dass weiß ich besser. Es erscheint mir unwahrscheinlich, dass jemand das Versteck gefunden hat. Dazu ist es einfach zu geschickt angelegt."

Versteck? Damit hatte sie mich neugierig gemacht. Ich

ließ sie ein. Zielstrebig trat sie auf die Treppe in die oberen Räume zu und ging davor in die Knie.

"Sehen Sie hier diese Bohle, auf der die dritte Stufe aufliegt? Und den Nagel, der sich scheinbar gelockert hat? Wenn man kräftig daran zieht, kann man die Bohle wegnehmen."

Sie tat es, und ich konnte in einen schwarzen Schacht sehen, in den sie hineingriff. Sie machte ein paar Geräusche, die sich anhörten, als würden mehrere Riegel betätigt.

"Die beiden Stufen darüber sind ebenfalls nicht mit Nägeln befestigt", erklärte sie. Sie entfernte sie, bis sich ein Loch aufgetan hatte, das groß genug war, um einen ganzen Mann hindurch zu lassen.

"Ist das ein Priesterloch?" fragte ich verdutzt.

Elsabe Averbrook schüttelte den Kopf. "Nein, dazu ist der Hohlraum zu klein. Und das Haus nicht alt genug. Aber bevor es das Schulmeisterhaus wurde, ist es von Schmugglern benutzt worden. Alle Verstecke im Haus sind beseitigt wurden, als es für meinen Vater hergerichtet wurde. Nur das hier ist scheinbar vergessen worden. Eugen - mein Bruder - hat es entdeckt, als er den Nagel durch einen neuen ersetzen wollte. Unsere Eltern wussten nichts davon, es war sein und mein kleines Geheimnis."

Ihr Bruder - das konnte nur der Rüpel gewesen sein, der mich bei meinem ersten Besuch hinausgeworfen hatte.

Sie griff tief in das alte Schmugglerversteck und brachte eine merkwürdige Gerätschaft hervor. Es war ein bunt bemaltes Tongefäß, über dessen oberen Rand eine Lederhaut gespannt war, wie bei einer Trommel.

Durch die Haut war ein Holzstab gesteckt und eng mit dem überstehenden Leder des so entstandenen Lochs verknotet.

"Gott sei Dank, es ist noch da", sagte sie selig und legte es sich in die Arme wie kleine Mädchen ihre Puppe.

"Was ist das?"

"Ein Rummelpott", erklärte sie. "Damit gehen Kinder zum Rummelpottlaufen. An Altjahrsabend ziehen sie von Haus zu Haus, spielen an jeder Tür auf dem Rummelpott, singen Lieder oder sagen einen Vers auf, und dafür bekommen sie Zuckerwerk und Früchte. Dieser gehörte meinem Bruder." Sie lächelte in seliger Erinnerung. "Er hat allerdings nicht nur zu Altjahrsabend damit gespielt. Er hat ihn sich immer dann genommen, wenn er das Gefühl hatte, ungerecht behandelt worden zu sein. Dann spielte er darauf wie besessen. Eines Tages ist unsere Mutter fast verrückt davon geworden und hat den Rummelpott weggeworfen. Doch Eugen hat ihn sich zurückgeholt und in dem Schmugglerloch versteckt. Er ihn danach nur dann hervorgeholt, wenn unser Vater in der Schule und unsere Mutter Besorgungen machen war. Nun ist der Pott das letzte, was mir noch von ihm geblieben ist, nachdem... nachdem er..." Eine jähe Wandlung ging in ihr vor. Ihr Blick verschleierte sich und sie begann zu schluchzen.

"Aber, aber, mein Kind", sagte ich, um die peinliche Situation zu überspielen. "Was ist denn?"

Es sprudelte förmlich aus ihr heraus. "Eugen ist vor einigen Monaten mit dem Fallbeil gerichtet worden. Er soll unsere Mutter erschlagen haben. Es ist so ungeheuerlich. Ich kann mir das gar nicht vorstellen, Eugen und Mutter waren sich so zugetan. Aber die Indizien vor Gericht waren eindeutig. Ich habe erst von allem gehört, als es schon zu spät war. Nach meiner Heirat vor drei Jahren bin ich mit meinem Mann, der selber Schulmeister ist, auf eine Hallig gegangen. Nachrichten erreichen uns dort nur sehr spät, besonders in Jahren wie diesem, da besonders viele Stürme und Hochwasser die Küste gepeitscht haben. Wir waren bisweilen wochenlang abgeschnitten. Ich durfte nicht einmal Abschied von ihnen beiden nehmen." Sie verbarg das Gesicht in ihren Händen und weinte. "Ich konnte mir nicht einmal ein paar Erinnerungsstücke holen. Die Nachrichten der Behörden erreichten mich erst, nachdem die Zeit verstrichen war, in der ich mich hätte melden müssen. So ist alles, was einmal uns gehörte, an die Obrigkeit gefallen. Bis auf das hier." Sie hielt den Rummelpott in die Höhe. "Natürlich weiß ich, dass alles in diesem Haus nun Ihnen gehört, doch..."

Ich machte eine beruhigende Geste und versicherte ihr, dass der Rummelpott selbstverständlich ihr gehören würde. Es war nach... nach allem das mindeste, was ich für sie tun konnte.

Sie blickte mich wie erlöst an. "Vielen Dank", wisperte sie erleichtert. "Es ist mir ganz besonders wichtig, den Rummelpott heute in Händen zu halten. Heute wäre Eugens Geburtstag gewesen, und ich möchte heute Abend genau um siebzehn Minuten vor zehn darauf spielen."

"Siebzehn Minuten vor zehn?" entfuhr es mir barscher, als ich eigentlich beabsichtigt hatte.

Sie blickte mich überrascht an. "Ja. Zu seiner Todesstunde. Um genau siebzehn Minuten vor zehn Uhr abends ist am fünften September im Gefängnis das Fallbeil auf ihn niedergegangen. So stand es in dem Protokoll, das mir zugestellt wurde. Doch wo immer er jetzt ist - ich will ihm zeigen, dass er immer noch mein Bruder ist und sich nie etwas daran ändern wird. Was immer er getan hat... er kann in diesem Moment nicht er selbst gewesen sein, er muss an einer Krankheit gelitten haben. Bei klarem Verstand hätte er unserer guten Mutter nie etwas angetan. Er hat sie doch vor allem beschützt. Welchen Grund sollte er gehabt haben, sie zu töten?"

Ja, welchen?

Nichtsdestotrotz hätte dieser Rüpel so oder so ein böses Ende gefunden, dessen war ich mir sicher.

Ich weiß nicht, was über mich kam, doch ich fragte: "Wie hört sich eigentlich dieser Rummelpott an, wenn man darauf spielt."

Sie zögerte kurz, als wolle sie den Rummelpott nicht vor heute Abend spielen, doch dann besann sie sich. Sie legte die Hand um den Stab und begann ihn zu bewegen, wie man mit einem Löffel im Kuchenteig rührt, bis die Reibung des Holzes auf dem Leder ein Geräusch ergab...

später

Es ist fast vollbracht. Ich brauchte noch einmal etwas Zeit um mich zu sammeln, doch nun bin ich bereit meine Geschichte zu Ende zu bringen. Es ist merkwürdig. Auf einmal bin ich ganz ruhig.

Das Geräusch, das Elsabe Averbrook mit dem Rummelpott gemacht hatte, war genau das Geräusch, das mich in den letzten Wochen verfolgt hatte.

Ich weiß nicht mehr, wie ich die kleine Averbrook losgeworden bin. Ich weiß nur noch, dass ich danach wie betäubt in der Diele meines Hauses stand, während nach und nach sämtliche Teile des Rätsels an ihre richtige Stelle rückten.

Das Geräusch hatte nicht nur am Tag der Abreise meiner Frau eingesetzt, sondern auch jenem Tag... sogar zu jener *Stunde*, an dem das Fallbeil Eugen Averbrook ins Jenseits gebracht hatte. Das, was ich über Wochen lang ertragen hatte, konnte nur eine Mahnung von ihm gewesen sein. Von der anderen Seite. Ich weiß, dass es sich wie die Phantasterei eines Irren anhören muss, doch es kann nicht anders gewesen sein. Hatte Elsabe Averbrook nicht gesagt, ihr Bruder hätte den Rummelpott immer dann gespielt, wenn er sich ungerecht behandelt gefühlt hatte?

Nun, Eugen Averbrook ist mit dem Schuldspruch vor dem irdischen Gericht ganz gewiss großes Unrecht widerfahren, und vor der höheren Instanz hat er alles daran gesetzt, besser behandelt zu werden.

Denn nicht er hat die Schulmeisterwitwe umgebracht. *Ich* bin es gewesen. Um dieses wunderbare Haus für mich und meine Friederike zu bekommen, war mir jedes Mittel recht.

Es war so einfach. Ich habe ein paar Kleidungsstücke und eine Mütze von der Wäscheleine gestohlen, damit ich mein Äußeres so verändern konnte, dass ich wie Eugen aussah. Dann habe ich ein Schlafmittel in sein Bier gegeben. Die alte Frau... nun, es ist bekannt, was mit ihr geschehen ist. Noch ein paar Dinge erledigt, damit jeder Verdacht nur auf den Sohn fallen konnte, die Kleidung gewaschen und auf die Leine zurückgehängt. Dann habe ich mich aus dem Staub gemacht. Niemandem ist aufgefallen, dass ein paar Sachen nasser waren als die anderen...

Dann brauchte ich nur auf die Zeit zu bauen, die tatsächlich für mich arbeitete. Die Leiche wurde entdeckt, der Verdacht fiel auf Eugen Averbrook, er wurde vor Gericht gebracht, das Urteil fiel, es wurde vollstreckt. Damit war der Verlust sämtlicher Ehrenrechte und natürlich des Erbes verbunden, so dass das Haus frei wurde und ich es ohne weitere Schwierigkeiten kaufen konnte...

Von der Tochter hatte ich nichts gewusst. Und selbst wenn - ich hätte wohl auch dieses Hindernis irgendwie aus dem Weg geräumt.

Viel ist nun nicht mehr zu erzählen. Ich erwachte aus meiner Starre, als um Punkt siebzehn Minuten vor zehn das Geräusch wieder einsetzte, lauter als je zuvor. Ich wusste, dass ich in diesem Haus nicht mehr bleiben konnte. Ich flüchtete erneut zu meinem Schwiegervater, dem ich allerhand Ausreden auftischte, warum es mich nicht in meinem Haus hielt.

Anfang Dezember kehrten meine Frau und ihre Mutter aus der Schweiz zurück. Dass Friederike noch ein wenig in ihrem Elternhaus bleiben wollte, um ihrer Mutter bei der Eingewöhnung beizustehen, konnte mir nur recht sein. Wir erlebten einen ruhigen Winteranfang und ein besinnliches Weihnachtsfest. Fast vergaß ich sogar, was mich hierhergetrieben hatte.

Dann kam der Altjahrsabend.

Mit ihm das Rummelpottlaufen der Lübecker Kinder.

Das Geräusch war plötzlich überall.

Etwas schnappte in mir und ich lief davon. Doch überall schien man Rummelpott zu spielen. Nur die Eisenbahn versprach ein wenig Stille... oder mit dem Rattern über die Schienen zumindest ein anderes Geräusch.

Mit meinem letzten Rest Bargeld in der Tasche löste ich ein Billet nach Hamburg. Auch dort empfing mich das Geräusch des Rummelpotts. Noch lauter, wie es schien.

Ich schlug mich zum Hafen durch und heuerte auf dem erstbesten Dampfer an. Auf diesem bin ich nun, tausende Meilen entfernt von dem, was ich angerichtet habe, und doch so nahe.

Ich habe meinen Entschluss gefasst. Wenn wir zurück in Brisbane sind, werde ich abmustern, nicht mit nach Europa zurückkehren. Ich habe gehört, dass es in Kingaroy im Landesinneren englische Farmer und Händler gibt, die immer Leute suchen.

Das passt für mich. Schließlich ist Australien doch einst als Strafkolonie für Schwerverbrecher gegründet worden.

In Kingaroy soll es neben Einheimischen zudem nur Engländer geben. Aber keinen Rummelpott. Wenn der Preis dafür ist, dass ich meine Friederike nie wiedersehen werde, soll mir das auch recht sein. Wenigstens hat sie das Haus und keinen Schimmer von der blutigen Geschichte. Sie ist noch jung, sie wird mich bald vergessen, mich für tot erklären lassen, neues Glück finden und Kinder haben. Und wenn diese dann eines Tages selbst an Altjahrsabend zum Rummelpottlaufen gehen, wird Friederike ihnen glücklich lächelnd aus dem Fenster ihres alten Schulmeisterhauses hinterher blicken.

Nur ich - ich möchte es nie wieder hören.

Dampfschiff "Billerhude"
Bucht von Nuku'alofa
Tonga
25. Mai 1917

Hochverehrte Frau Bullerdiek,

es erfüllt mich mit großer Trauer, Ihnen die betrübliche Mitteilung machen zu müssen, dass Ihr Gemahl Cassen Bullerdiek in den Morgenstunden des heutigen Tages von uns gegangen ist.

Schon seit unserer Anlandung in Nouméa vor zwei Wochen war ihr Sohn immer wieder von schweren Fieberanfällen geplagt. Der Schluss liegt nahe, dass er sich beim Landgang mit einer tropischen Krankheit angesteckt hat, gegen die all unser medizinisches Wissen machtlos war.

Möge es Ihnen einen Trost bedeuten, wenn ich Ihnen beteuere, dass sein Dahinscheiden das beste für ihn war. Die Fieberanfälle haben zum Schluss nicht nur von seinem Körper, sondern auch von seinem Geist Besitz ergriffen und er war nicht mehr der, den wir kennen und zu schätzen gelernt haben. In wirren Sätzen phantasierte er von Dingen, die so unaussprechlich sind, dass ich sie Ihnen unmöglich gegenüber wiederholen kann. Hätte er sich selbst zuhören können, wäre er entsetzt gewesen, doch seine Krank-

heit hatte zu völliger Taubheit geführt. Der Tod kam zu ihm als gnädiger Erlöser, seien Sie dessen versichert.

Wir haben mit Ihrem Gemahl einen zuverlässigen Kameraden und ein sorgfältiges, stets gewissenhaft seine Aufgaben verrichtendes Mitglied unserer Mannschaft verloren. Selbstverständlich haben wir ihm eine ehrenvolle Seemansbestattung zukommen lassen und ihn mit den heiligen Sakramenten versehen dem Meer überantwortet.

Diesem Brief lege ich den Nachlass Ihres Gemahls bei, der neben seiner Kleidung und der angesparten Heuer auch seine persönlichen Papiere beinhaltet.

Wie Sie an der von ihm selbst vorgenommenen Versiegelung feststellen können, haben wir alle Dinge mit Respekt behandelt, bis wir sie bei unserer Rückkehr nach Brisbane Anfang Juni mit dem Postdampfer nach Hamburg an Sie aufgeben konnten.

Bitte gestatten Sie mir, Ihnen mein aufrichtiges Beileid zu diesem schweren Verlust auszusprechen.

Hochachtungsvoll,

Johann Wilhelm Grünhagen
Kapitän zur See
Dampfschiff "Billerhude"

Glossar

Aggewars - Unannehmlichkeit, Ärger. Ausdruck aus der Gegend um Flensburg. Siehe auch *Petuhtante*.
Altjahrsabend - norddeutsche Bezeichnung für Silvester (31. Dezember).
angetüddert sein, sich einen angetüddert haben - betrunken sein.
Apenrade - veralteter deutscher Name von Aabenraa im heutigen Dänemark.
Atschüß - Alte Form von *Tschüß*, das während und nach der Besatzung Hamburgs unter Napoleon zunächst aus *Adieu*, *Adjüüs* und schließlich *Atschüß* entstanden ist.
Baas - Vorgesetzter, Chef, Direktor, vereinzelt auch: Zeitgenosse.
begööschen - beruhigen, umschmeicheln.
Bleuel - paddelähnliches Holz in der Waschküche. Bleuel mit kurzen Griffen dienten dazu, den Schmutz aus der auf einem harten Untergrund liegenden Wäsche herauszuschlagen. Mit langgriffigen Bleueln wurde die Wäsche im Waschkessel umgerührt bzw. herausgefischt.
Brunsnis - veralteter deutscher Name von Brunsnæs im heutigen Dänemark.
Deutsch-Ostafrika - alte deutsche Kolonie, die in etwa die heutigen Staatsgebiete von Burundi, Ruanda und

Tansania umfasste.
Döns - Wohnstube.
Dovrebanen - ursprünglich nur der Name der norwegischen Eisenbahnstrecke zwischen Dombås und Støren, heute auf die gesamte Strecke von Oslo nach Trondheim angewandt.
Drontheim - veralteter deutscher Name von Trondheim.
Ekensund - veralteter deutscher Name von Egernsund Søgn im heutigen Dänemark.
Engelmacherin - Bezeichnung für eine Frau, die illegale Schwangerschaftsabbrüche vornimmt.
Fallreep - Zugangsbrücke an Schiffen.
fidei commissum - lat. *zu treuen Händen*. Das Vermögen, das nach dem Tod des Erblassers in Familienhand bleibt und weder verkauft noch beliehen sondern sonstwie anderweitig abgegeben werden kann. Der Erbe erhält nur die Erträge (z. B. Zinsen und Pachten) aus dem Vermögen zur freien Verfügung.
füünsch - verärgert sein.
Gravenstein - alter deutscher Name von Gråsten im heutigen Dänemark.
Holzmiete - Auftürmung gefällter und von den Ästen befreiter Baumstämme zur Trocknung und Lagerung.
Junggast - im maritimen Bereich die Bezeichnung für einen jungen Menschen von niederem Dienstrang, der gerade erst begonnen hat, zur See zu fahren. Im Sprachgebrauch an Land auch für die jungen Heranwachsenden einer Gemeinde verwendet.
Kabel - hier: veralteter Ausdruck für Telegramm.
Kaschott - Gefängnis, Zuchthaus.
Ketelklopper - plattdeutsch für Kesselklopfer. Berufsstand auf Werften. Die Kesselklopfer krochen in die

Heizkessel von Dampfschiffen und entfernten dort die Kesselstein genannten Ablagerungen aus Kalk und Salzen, die durch die dauerhafte Befüllung mit Wasser entstanden sind.
Kontor - Büro, Geschäftsräumlichkeiten.
Kopra - Bearbeitetes Fruchtfleisch der Kokosnuss, aus dem Kokosöl gepresst wird.
mall im Kopf - verwirrt, geisteskrank.
Moses - alte Bezeichnung für den Schiffsjungen bzw. das jüngste Besatzungsmitglied eines Schiffs.
Nordlandsbanen - Name der Bahnstrecke von Trondheim nach Bodø in Norwegen.
op Schiet lopen - wörtlich: "auf Scheiße (ge)laufen", Bedeutung: ein Schiff läuft auf Grund.
Petuhtante - Bezeichnung für schwatzhafte ältere Damen aus der Gegend um Flensburg, welche sich früher regelmäßig während der Sommersaison auf den Fördedampfern für ihre Plaudertreffs einfanden. Dafür erstanden sie Dauerkarten, so genannte Partout-Karten oder Partout Billets. Aus dem Französischen partout wurde der lokale Begriff *Petuh* abgeleitet. Die Petuhtanten haben auch den Dialekt mit dem Namen Petuh geprägt, eine Mischung aus plattdeutschen und dänischen Begriffen, wobei der Satzbau der dänischen Grammatik folgt. Heute ist dieser Dialekt im Gegensatz zu anderen Varianten des Plattdeutschen beinahe ausgestorben.
Prahm - antriebsloses Schiff zur Beförderung von Lasten und Personen, das wegen seines flachen Rumpfs besonders in seichten Gewässern geeignet ist.
Primogenitur - Erstgeborenenrecht. Das zuerst geborene Kind (oder nach dessen eventuellem Tod das älteste

Kind) einer Familie wird zum Nachfolger und Alleinerben des Verstorbenen Familienoberhaupts. Mögliche Geschwister erhalten nichts.

Priesterloch - Geheimversteck für verfolgte Geistliche.

Redder - Weg, der auf beiden Seiten von einer Hecke oder einem Knick (bewachsener Torfwall zur Grenzmarkierung landwirtschaftlicher Flächen) begrenzt wird.

Quai - alter Name für Kai, befestigtes Ufer, an dem Schiffe anlegen können.

Reuse - Fanganlage sowohl an Land für Wildtiere wie auch im Wasser für Fische. Über eine trichterartige Vorrichtung geraten die zu fangenden Tiere in den kegelförmigen Fangbehälter und werden an dessen schmalstem Ende herausgeholt.

Siel - verschließbarer Durchlass in einem Deich. Über den Siel ist das offene Meer mit Entwässerungssystemen verbunden, die das Hinterland trockenlegen, trocken halten und somit landwirtschaftlich nutzbar machen.

Sluderkrom (Schluderkram), auch: *Sluderee (Schluderei)*, Verb: *sludern (schludern)* - plattdeutsch für Tratsch, Klatsch, üble Nachrede.

Sonderburg - veralteter deutscher Name von Sønderborg im heutigen Dänemark.

Spökenkiekereien - Spukgeschichten, Ammenmärchen.

Stauer - Arbeiter auf einem Schiff, der Stückgutfracht aus den Tiefen des Schiffes zu der Stelle bringt, an der entladen wird bzw. neue Fracht von dort in die Laderäume verteilt.

Szünde - ärgerlich, unangenehm, jammerschade, tragische Sache. Ausdruck aus dem Petuh. Siehe auch

Petuhtante.
Töffel - Dummkopf, Einfaltspinsel, Adjektiv: *töffelig.*
Trajekt - ursprüngliche Bezeichnung für Eisenbahnfähren.
Tünkram - Unfug, Verbform: *tünen* oder *Tünkram sabbeln.*
vigeliensch - hinterhältig, heimtückisch, durchtrieben.

Ebenfalls von
Gerrit Jan Appel

Wodka für die Königin
als Printausgabe (ISBN: 978-3-8391-7234-6)
und als eBook erhältlich

Zwei Hamburger Jungs auf dem Weg, durch diese
verrückte kleine Sache, die sich Liebe und Leben nennt:

Als Christophs Wohnung ausbrennt, ist es eine Selbstverständlichkeit für Holger, dass er seinen besten Freund bei sich aufnimmt. Doch das ungewohnt enge Zusammensein fördert einige Reibungspunkte zutage, welche trotz ihrer Situationskomik für Außenstehende die Freundschaft der beiden Männer in schwere Fahrwasser geraten lassen.

So schwer, dass einer der beiden das heimatliche Hamburg verlässt, um mit einem Ferienhof auf Schleswig-Holsteins Sonneninsel Fehmarn ein neues Leben zu beginnen.

Doch selbst über diese Entfernung hinweg schaffen es Holger und Christoph, sich wie ungezogene Schulkinder miteinander zu erzürnen. Ihre mütterliche Freundin, die ungewöhnliche Seniorin Claire, kann sich über die beiden Kindsköpfe nur wundern, denn sie ist sich absolut sicher, dass die Jungs mit ihren vorlauten Mundwerken und vor allem ihrem nicht unterzukriegenden Humor auch diese Klippen sicher umschiffen werden.

Bis Holger und Christoph endlich begreifen, dass alte Damen für gewöhnlich recht haben, müssen sie allerdings erst ihre Starrköpfigkeit überwinden. Gar nicht so einfach, wenn das Sternzeichen Stier in ihrer Konstellation gleich zweimal vorkommt...

*Ebenfalls
von Gerrit Jan Appel*

Frag' doch das Vanilleeis
*als Printausgabe (ISBN: 978-3-7357-6017-3)
und als eBook erhältlich*

Auch in der zweiten Story um Holger und Christoph geht es um diesen witzigen Zwischenfall im Universum, der aus dem Leben und der Liebe besteht:

Traumberuf? Check.
Eigene vier Wände? Check.
Traummann gefunden? Check.
Alles in Ordnung also?

Ähm - wie lautete die Frage?

Je länger ein Paar zusammen ist, desto mehr gleicht es sich aneinander an, sagt man. Es heißt auch, dass mehr Harmonie die Folge ist. Bei Holger und Christoph scheint da etwas schiefgelaufen sein. Gut, der Hitzkopf ist ruhiger geworden und der Ruhepol spontaner. Nur das mit der Harmonie klappt nicht mehr so ganz. Irgendwie knarrt es seit einiger Zeit im Getriebe.

Die Rückkehr eines Verflossenen der beiden und Holgers Spleen, Problemen mit Vanilleeis zu begegnen, sind keine Hilfe dabei, den Liebeskahn wieder auf Kurs zu bringen.

Zudem hat sich Holgers Hund Charly ein paar Unartigkeiten angewöhnt, die auf das ohnehin schon verwirrende Chaos noch eins draufsetzen.

Mehr über Gerrit Jan Appel im Internet:
http://wortgepuettscher.wordpress.com